민들레
사랑

오 영 례 제 9 시 집

민들레 사랑

좋은땅

민들레 사랑

영원한 사랑을
추구하며
그 마음을
비우고 또 비워,

알지 못하는
또 다른 세계로
바람 따라
몸을 던지는 민들레.

그 용기는
낯설은 땅에
또다시 발을 딛고
샛노란 꽃을 피운다.

나이 60세에 하나님의 부르심을 깨닫고
사명을 감당하겠다는 결심으로
케냐로 온 지가 벌써 1년이 지났습니다.

생각해 보지도 않았고
특별한 연고도 없이 케냐로 와서 보낸 1년은
너무나 길게 느껴졌습니다.

성령의 강권하심으로
모든 것을 내려놓고,
자녀들도 하나님께 맡기고,

주님께서 주신 사명을 이루겠다고
이사야 60:1-5, 20-22 말씀을 붙잡고
케냐까지 왔습니다.

그러나 케냐에서
많이 두려웠고,
영적 공격과 함께

옮겨 심음의 민감함과
적응통이 있었습니다.

또한 하나님께서는
사역에 대한 애착과
과욕도 내려놓게 하셨습니다.

대단한 사역을 하려고 하기보다
하나님의 사랑으로
주어진 작은 일을 하도록
인도하셨습니다.
한 명, 한 명의 영혼을 만나
전도하고 가르치며
제자로 세워 갔습니다.

집으로
영혼들을 초대하여 교제하며
먹을 것을 나눴습니다.

그리고
줄 수 있다는 것이
얼마나 보람되고
행복한 일인지를 알았습니다.

어린아이를
주님의 이름으로 섬길 때
그것이 곧 주님을 섬긴 것이라는 의미를
알 것 같습니다.

그들은
나의 존재를
축복 자체로 여겼습니다.

'너는 복이 될지라.'고
아브람에게 하신 약속을
경험해 가게 하셨습니다.

모교회와 성도로부터 받은 사랑을
케냐에 흘려보내는 복의 통로로서
살아갈 수 있음에 감사를 드립니다.

부르시고
친히 일하시고 이루어 가시는
하나님을 찬양합니다.

"여호와께서 아브람에게 이르시되 너는 너의 고향과 친척과 아버지의 집
을 떠나 내가 네게 보여 줄 땅으로 가라. 내가 너로 큰 민족을 이루고 네

게 복을 주어 네 이름을 창대하게 하리니 너는 복이 될지라."(창 12:1, 2)

이번 시집은 케냐를 향한 약속 말씀인 사 60:1-5, 20-22 말씀을 기본으로 하여 시집을 구성하였습니다.

하나님께서 저희를 부르시고,
케냐에서 섭리적인 만남으로 인도하셔서
하나님의 일들을 시작하셨습니다.
그리고 하나님께서는 약속하신 대로 이루실 것입니다.

배부르고 평안해서 하나님과는 멀어져 생활하는 것보다는
고난과 어려움이 있어
하나님께 더 가까이 가서 매달리게 된다면
그 고난은 축복이며,

축복과 평안함 속에서도
여전히 가난하고 겸손한 심령으로
하나님과 친밀히 교제할 수 있다면
이것은 가장 큰 축복일 것입니다.

저는 이 케냐의 환경에서
더 간절히 하나님을 의뢰할 수밖에 없음이 감사합니다.
성육신 하신 주님을

더 체험적으로 알게 되어 감사합니다.

성공이라는 상향성의 길을 추구하는 세상의 길에서,
하향성의 길,
즉 낮은 곳으로 가시는 예수님을 따라
예수님의 제자로서의 삶을 살아가게 하시는
주님께 감사합니다.

차별이 없으신 하나님의 사랑을
조금이나마 실천하려고
애쓸 수 있음이 감사합니다.

나이가 들어도
그리움 속에서 만남을 동경하며
살아감이 감사합니다.

사랑하는 자녀들과 성도님들을 그리워하며

케냐에서 오영례 드림

차례

서시
시인의 고백

제1부 ——————————— '네 빛이 이르렀고'

제2부 ——————————— '어둠이 땅을 덮을 것이며'

제3부 ——————— '네 눈을 들어 사방을 보라'

제4부 ─────── '나의 영광을 나타낼 것인 즉'

'네 빛이 이르렀고'

젊은 시절
아내라는 이름, 엄마라는 이름으로
'나'로서의 인생은 잊고 살다가,

아이들이 둥지를 떠나고
텅 빈 집에서
나를 보게 되고 나를 만났네.

이제 내가 세상을 떠나도
세상에 대한 염려와
마음의 짐은 덜어졌으니

이제 남은 인생은
나의 색깔을 내고 나의 빛을 발하며
내게 주어진 삶을 살고자 하네.

'네 빛이 이르렀고'

"일어나라. 빛을 발하라. 이는 네 빛이 이르렀고 여호와의 영광이 네 위에 임하였음이니라."

〈이사야 60:1〉

저는 대학 시절에 예수님을 만나고 네비게이토선교회를 통해 예수님의 제자로 훈련을 받으면서 저의 인생을 지상 사명 성취를 위해 살겠노라 주님께 헌신했었습니다. 결혼 전에도 공부하거나, 일하면서 복음을 전해 사람들을 제자로 훈련하여 그룹을 이루고, 팀을 이루는 것을 경험했습니다. 결혼 후에는 남편과 함께 중국으로 선교를 떠나서 5년간 사역하다가 한국에서 방문한 교수의 실수로 저희들의 선교사 신분이 알려지게 되면서 선교지를 나오게 되었습니다.

남편이 삼성 SDI 연구소에 취직되어 우리는 3년간 수원에서 살았습니다. 그 후에 저희 가족은 남편의 선교학 공부를 위해 미국으로 이주하게 되었습니다. 저는 미국에서 간호사로서 20년간 일을 하며 아내로서, 엄마로서, 사모로서의 역할을 감당해 왔습니다. 남편은 미주 한인 교회 목회자로 섬겼습니다.

저희 나이 60세인 2022년에 하나님께서는 하나님의 말씀과 꿈을 통해 먼저 저를 선교로 부르셨습니다. 당시 아이들은 독립해서 잘 생활하고 있었고, 남편과 저의 삶은 환경적으로 아주 평온했고 문제가 없었습니다. 기도는 해 온 대로 계속하고 있었지만 간절함이 없었습니다.

말씀에 대한 사모함도 별로 없이 안일하게 살아가고 있었습니다. 정확히 말하면, 그냥 세월의 흐름을 따라 그저 은퇴 준비를 하고 있는 상황이었습니다.

저는 제가 영적으로 무기력해지고 병들어 가고 있음을 직감할 수 있었습니다. 저는 그때 하나님께서 환경과 고통을 통해 저를 각성시키시기 전에, 스스로 근신하고 각성해야 함을 인식하고 있었습니다. 그러나 제 마음의 다른 한구석에는 자신을 합리화하며, 그대로 미국에 거주하면서 시를 쓰고, 책을 읽으며 노후를 보내고자 하는 마음도 강하게 있었습니다. 모험이 두려웠기 때문이었습니다.

그러나 하나님께서는 이사야 60:1절을 통해 마음에 강한 감동을 주시며 말씀하셨습니다. "일어나라. 빛을 발하라. 이는 네 빛이 이르렀고 여호와의 영광이 네 위에 임하였음이라."라는 말씀이었습니다. 아프리카는 저희가 한 번도 생각해 보지 않았던 선교지였으나 하나님께서는 아프리카 케냐에 대한 마음을 주시고 그리로 인도해 가셨습니다.

저의 지난 세월을 생각해 보았습니다. 사람들에게 복음을 전해 주고 제자로서의 삶을 살도록 도와주고 훈련할 때 가장 에너지가 넘치고 행복했고 열매도 풍성했다는 것을 알게 되었습니다. 결혼 전에 선교회에서 함께하고 도왔던 네 명의 자매들이 결혼한 후 모두 아프리카에서 선교사로 파송되어 사역들을 잘하고 있습니다. 또한 저희가 중국 선교를 가서 도왔던 한 자매는 열심히 배웠고 지금까지 아주 열심히 주님을 섬기며 많은 열매를 맺어왔습니다. 지금도 열심히 제자 삼는 사역을 하고 있으며 한 달에 한 번씩은 전화로 저와 통화하며 교제하고 있습니다.

저는 사람들을 영적으로 성장하도록 도와주고, 정신적, 사회적, 육체적으로 건강하도록 돌봐 주는 것에 큰 보람을 느낍니다. 사람을 양육하여 제자로 세우는 것이 하나님께서 저에게 주신 사명이고 소명이라는 생각을 다시 하게 되었습니다.

케냐에 도착했을 때 삭막한 것을 극복하기 위해 뒤뜰의 흙을 일구어 화단을 만들고, 꽃과 나무를 심고 가꾸었습니다. 그때 아들과 전화 통화를 하던 중 아들이 이런 말을 했습니다. "엄마는 사람을 키우는 것을 좋아해서 이제 우리가 없으니 꽃을 키우고 있네." 아들이 무심코 하는 말이었지만 그 말이 저의 마음에 울림이 되었습니다. 그리고 제 자신이 생명을 키우는 것을 좋아한다는 확신이 들었습니다.

저희가 케냐에 온 지 벌써 2년이 되어 가고 있습니다. 이곳에 많이 익숙해졌고 이곳에 사람들도 많이 익숙하고 사랑스럽게 보입니다. 그러나 20년간 다니던 직장과 교회, 자녀들이 있는 미국을 떠나 아프리카로 온다는 것은 쉽지 않았습니다. 하나님의 은혜가 함께하셨고, 하나님의 약속 말씀이 있었기에 용기를 낼 수 있었습니다.

사랑하는 자녀들과 사랑하는 성도님들을 떠나 낯선 아프리카로 온다는 것은 저희 생애에 커다란 도전이었고 모험이었습니다. 그러나 용기를 가지고 떠날 수 있었던 것은 하나님의 사랑과 인도하심을 확신하기 때문이었습니다.

단지 저는 하나님 앞에 섰을 때 부끄럽지 않도록 하나님께서 저희 인생을 통하여 이루시기를 원하시는 일을 이루고 싶었습니다. 하나님께서는 저를 주님의 제자로 부르시고 훈련받게 하셨으니, 주님 가신 길을 따라 낮은 곳으로, 배고프고 목마른 이에게로 가서 제가 하나님께 올려

드릴 열매들이 있음을 알게 하셨습니다.

　남편은 교회를 사랑했고 즐겁게 목회자로서 사역을 감당했으나, 아내에게 보여 주신 부르심을 우리 부부에게 주신 하나님의 뜻이라 믿고 순종하기로 결정했습니다. 아내가 지금까지 남편과 자녀들을 위해 수고했으니 이제는 자신이 아내의 삶을 도와주고자 하는 마음이었습니다. 그래서 사랑하는 교회와 성도님들을 뒤로 하고 저와 함께 선교를 선택하게 되었습니다. 저희는 같은 마음이 되어 함께 선교에 동참하게 되었습니다.

　'늙은이들은 탐험가가 되어야 한다. 여기냐 저기냐는 문제가 아니다. 다른 합일, 더 깊은 교제를 위하여 우리는 고요해야 하고, 다른 격렬함으로, 고요히 들어가야 한다.'

〈T.S. 엘리엇〉

민들레 사랑⑴

바람 따라
심겨진 자리에서
싹을 내고

샛노란 밝음으로
태양을 사랑하는
들꽃.

시간의 흐름 따라
어느새
흰머리가 되고

이제는
바람 따라
케냐까지 왔구나.

민들레 사랑(2)

영원한 사랑을
추구하며
그 마음을
비우고 또 비워,

알지 못하는
또 다른 세계로
바람 따라
몸을 던지는 민들레.

그 용기는
낯설은 땅에
또 다시 발을 딛고
샛노란 꽃을 피운다.

민들레 사랑(3)

누가 그리
손길을 주지 않아도
싹을 내서 다가와
생명을 주고,

누가 그리
눈길을 주지 않아도
맑고 밝은 빛으로
스스로를 단장하고,

누가 그리
기대하지 않아도
하늘의 뜻을 따라
생육하고 번성하는 민들레.

호흡 같은 기도(살전 5:17)

내가
숨을 쉴 때마다
기도함은

내 마음에
도둑처럼 들어오는
안일함을 막고자 함이요

자연스레
높아지기 쉬운 나를
겸손케 하기 위함이네.

내가
쉬지 않고
주님을 부름은

내 마음이
성령으로
충만하고자 함이요

매 순간
주님과 친밀히
동행하고자 함이네.

신랑 되신 주님

사람들이 인정하는
사람이기보다
주님이 인정하는
신부이고 싶네.

모든 사람들이
좋아하는 사람이기보다
신랑이 좋아하는
신부이고 싶네.

많은 사람들이
알아주는 사람이기보다
신랑이 알아주는
신부이고 싶네.

세상의 많은 것들로
부요해지기보다
신랑 한 분으로
부요한 신부이고 싶네.

많은 사람들의
사랑을 구하기보다
신랑의 사랑을 구하는
신부이고 싶네.

신부 된 우리(1)(창 2:23)

아담의 신부를
흙이 아니라
아담의 뼈로
여자를 만드심은

남자로 하여금
여자를
자신의 뼈 중의 뼈,
살 중의 살로 여기게 함이며,

하나님이
예수님의 신부를 위해
예수님의 몸과 피를
사용하심은

신부 된 우리가
예수님의 몸 중의 몸이요,
피 중의 피로서
거룩한 삶을 살게 함이네.

신부 된 우리(2)

우리가
비싼 값을 지불한 것은
더 아끼고 소중히 여기는 것처럼,

몸과 피를 나눈 엄마가
자식에 대한 애정과
헌신이 본능적인 것처럼,

몸과 피를 주신 예수님은
우리에 대한 사랑이
본능적일 수밖에 없네.

가장 비싼 값
하나님의
아들의 값인 우리는

가장 보배롭고
존귀하고
소중할 수밖에 없네.

신부 된 교회(요 19:33, 34)

첫째 아담을
잠들게 한 후
아담의
갈비뼈를 취해
하와를
만드신 하나님은

둘째 아담,
예수님을
십자가상에서
죽게 하시고
옆구리를
창으로 찔러

그 물과
예수님의 피로
깨끗이 하신
신부 된 우리,
곧 교회를
세우셨네.

하나님과의 교제

하나님은
큰 귀를 가지셨네.

내가 말하는 소리는 물론
마음의 소리까지 들으시니.

하나님은
큰 입을 가지셨네.

내가 듣기까지
쉬지 않고 말씀해 주시니.

오늘도 내가 보는
하늘과 산과 나무들,

내가 보는 꽃들과 사람들,
세상을 통해,

내가 느끼는
바람과 햇볕을 통해

하나님은
나에게 말씀하여 주시고

나는 그 깨달음을
하나님께 말하네.

주님의 사랑(1)

모두가
빨간 옷을 입었는데

나 홀로
파란 옷을 입었을 때

사람들은 나를 왕따 하고
틀렸다고 말하나,

주님은
주님도 파란 옷을 입고

내 옆에
함께 서 주시며

내 편이 되어 주고
내 사랑이 되어 주시네.

주님의 사랑(2)

사람들은
사랑한다는 이유로

더 잘해라, 실수하지 마라
잔소리함으로

더 주눅 들고
용기를 잃도록 다그치지만

주님은 친히
나와 함께해 주심으로

열등한 나를
이해하시고 안위하시며

나를 우뚝
일어서게 하시네.

사랑은⑴

사랑은
자신을 잘 돌보는 것.

자신의 고통과
아픔에 귀 기울이고

그 이야기를
들어 주며

마음속에 떠오르는
생각을 받아들이고

좋은 생각으로
가득 채워 주는 것.

사랑은
자신을 치유함으로

상처 입은 사람들을
이해하며

서로의 상처를
보살핌으로

상처를 진주로
만들어 가며

서로의 아름다움을
인식해 가는 것.

사랑은(2)

사랑은
경이로운 빛으로
서로를 바라보며

서로가
서로에게서
선함을 찾아가는 것.

사랑은
날마다
서로를 놓아줌으로

서로를
갈망하고
그리워하며

집착을
떠남으로
자신의 삶을 살도록

서로가
서로에게
배려가 되고

기억이 되고
행복이 되고
의미가 되는 것.

영성 훈련

나의 일상
나의 습관이
되어 있는 것에
주님을 모셔 드리는 것,

내가 가장
익숙하고
잘 알고 있는 영역을
주님께 맡기는 것,

내가 가장 자신 있고
경험으로
확신하고 있는 것에
주님이 말씀하시도록

기도하며
그 말씀에
순종하는 것이
곧 영성 훈련이네.

부흥의 때(호 10:12)

지금이 곧
하나님을 찾을 때니라

하나님이
이 땅을 새롭게 하셨으니

이제 우리의
묵은 땅을 기경하자

우리의 죄악을 회개하고
하나님께 돌이키자

우리의 손을 모아
함께 기도하자

마침내 하나님이
우리에게 오시리라

두려움과 안일한 마음을
하나님께 열고

텅 빈 교회를
기도로 채우자

성령께서
교회를 충만케 하리라

깨어서 함께 기도하자
서로 사랑하자

우리 영혼이 소생하고
교회가 부흥되리라

지금은 하나님이
일하실 때니

우리의 묵은 마음,
묵은 신앙을 기경하자

하나님의 말씀이
찾아와 결실하리라

성령의 이른 비와 늦은 비가
교회에 부어지리라

〈이호준 작곡가에 의해 작곡된 창작 성가곡〉

사명(1)(렘 1:4)

나를
모태에서 짓기 전에
나를 아신 이

내가
배에서 나오기 전에
나를 구별하신 이

사명을 위해
나를 세우신 이
곧 하나님이시네.

사명(2)(사 53:10, 11)

주님이
병들고
으스러진 것
하나님의 뜻이었네.

주님이
자신을
속건 제물로 드린 것
하나님의 계획이었네.

주님은
하나님 아버지의
원하시는 일이
이루어짐을 기뻐했고

주님 자신이
알고 있었던 사명을
이뤄 냈음으로
만족하셨네.

주님으로 말미암아
우리는
의롭게 되었고
모든 죄가 용서받았네.

우리도 자신을
하나님께 드림으로
하나님의 뜻을 따라
살아감으로

진정한 기쁨과
만족을 누리게 되고
사람과 세상을
살리게 되네.

사명(3)(벧전 2:9)

우리는 택하신
하나님의 소유,

왕 같은 예배자,
거룩한 나라.

우리를
어두운 데서 불러

하나님의 빛으로
부르셨으니

아름다움의
선포자네.

인생의 목적은
고통의 세상 속에서

편안함과
행복을 추구하며

단지 삶을
살아내는 것이 아니라,

부르신 곳에서
하나님의 빛이 되고

하나님 사랑이 되고
기쁨이 되어

하나님 뜻을
이루는 것이네.

온 세상
온 나라가

하나님을
찬양하도록,

우리는
세계를 열어 가는

하나님 나라의
대사,

복음을
선포하는

하나님의
동역자이네.

사랑받는 자(마 3:17)

영원한 사랑,
변함없는 사랑을
받고 있는 사람은
최고로 행복하고,

가장 높으신 분,
가장 큰 권력을 가진 분
모든 것에 능하신 분의
사랑을 받는 자는

아무것도
두려울 것이 없고,
모든 것에
부족함이 없네.

나는 매일
나의 내면에 말씀하시는
아버지의 음성을 듣네.
"내 사랑하는 딸아."

사명자(사 60:1-3)

보라
캄캄함 속에

하나님의 빛이
이르렀고

하나님의 영광이
임하였도다

세상은
어두워져 가나

하나님의 빛은
더 밝게 빛나고

사명자는
빛을 발하리라

사명자는
세상에서

부패해 가고
썩어져 가는 것이 아니라

날마다
새로워지는 존재요

세상의 어둠을
밝히는 등불이고

하나님의 영광을
드러내는 존재라

보라
어둠이 땅을 덮었고

캄캄함이
만민을 가리웠도다

일어나라
빛을 발하라

네 빛이
네게 임하였고

하나님의 영광이
네 위에 나타나리라

〈노용진 작곡가에 의해 성가곡으로 작곡된 시〉

삶(1)

나는
모든 안전장치
나의 가치관,
착각, 편견,
그리고 상처들을
등지고 떠난다.

나의 생각과
집착이 만들어 낸
나의 역할과 신분
나의 자아상을 떠나
나의 참자아를
찾기 위하여,

하나님의
이름만 걸쳐 놓고
내 자신의 우상을
섬기게 될까 두려워
내 영혼의
옷깃을 여미며,

배부르고
등 따뜻하면
결코
깨닫지 못하고
얻지 못할 것을 향해
오늘도 발을 내딛는다.

삶(2)

우리의 끝은
시작 안에 있었고
시작은
영원한 끝을
가리킴같이

우리는
불안을 안은 채
창조되었고
끝을 향해 가도록
되어 있네.

우리는
신성한 사랑만이
채워 줄 수 있는
갈망으로
부름받았고

그 사랑이
우리의 인생을
아름다운 항해로,
지속적인 성장으로
인도하네.

멋진 삶

멋진 삶은
반드시
멋진 곳에
있지는 않네.

예수님이
작은 아기로
외양간의 구유에
오신 것처럼.

멋진 삶은
오히려
돼지우리 같은
낮은 곳에 있네.

예수님이
죄인으로
십자가상에서
못 박히신 것처럼.

멋진 삶은
엎드려
경배할 때
알게 되고

몸을 낮출 때
낮은 곳에 계신
예수님과 하나됨을
경험하네.

인생 후반의 사랑

흔들리고
가슴 아팠던

인생 전반의
사랑을 먹고

인생 후반은
무르익은 사랑으로,

삶을 물들이는
예쁨으로 살고 싶네.

과거의 사랑은
추억으로 가슴에 담고

현재의 사랑을
온몸으로 나누며

다가오는 사랑은
찬란한 빛으로

온 하늘을
물들이고 싶네.

소명

침묵 중에
들려오는
세미한 음성

진정한 나
진정한 기쁨을
깨닫게 되네.

이유를
설명할 수 없고
자세히 알 수 없지만

내가
해야만 하는 일,
하기를 원하시는 일이 있네.

그것은
낮은 곳이고
충만한 내가 있네.

내가
서 있어도
안전하고

내가
넘어져도
괜찮은 곳이네.

나를
부르신 이가
나를 붙잡고 있음이네.

제2부

'어둠이 땅을 덮을 것이며'

새는 어둠 속에서
노래하는 법을 배우고

씨앗은 어둠 속에서
싹을 내며

어둠은 나팔꽃을
피어나게 하듯이

고통과 아픔이
찬양과 감사를 알게 하고,

기다림이 성숙을 가져오며
생명을 잉태하고

어둠 속에서 소망의 꽃을 피우네.

'어둠이 땅을 덮을 것이며'

"보라. 어둠이 땅을 덮을 것이며 캄캄함이 만민을 가리려니와 오직 여호
와께서 네 위에 임하실 것이며 그의 영광이 네 위에 나타나리니. 나라들
은 네 빛으로, 왕들은 비치는 네 광명으로 나아오리라."

〈이사야 60:2, 3〉

　케냐에 도착해서 짐이 도착하기 전까지 저희는 에어비엔비에서 묵
었습니다. 케냐에서 가장 먼저 우리를 맞이해 준 것은 바퀴벌레들이었
습니다. 저는 끔찍하게 바퀴벌레를 싫어해서 아침마다 부엌을 나오는
게 두렵고 곤욕스러웠습니다. 다행히 남편이 아침마다 바퀴벌레를 10
마리 이상씩 잡아 주었으나 바퀴벌레는 줄어들지 않았습니다. 게다가
길거리의 케냐 사람들의 모습은 어두워 보였습니다. 케냐의 수도, 나
이로비 시 자체도 어두워 보였습니다. 저희가 케냐에 도착한 것이 4월
이었는데 때마침 케냐의 4월은 우기였습니다. 계속 비가 내렸고 저의
마음도 우울했습니다. 남편과 저는 새벽에 일찍 일어나 함께 기도하기
시작했습니다. 약속 말씀을 가지고 기도하고 중보기도와 개인 기도를
하면서 마음의 우울함과 두려움을 극복하려고 도우심을 구했습니다.
　케냐에는 한국 선교사님들이 많았고 선교사님들은 우리의 안전을
걱정해서 주로 조심해야 할 것들을 알려 주셨습니다. 그러나 그분들의
말은 저에게 두려움으로 전달되었고 저의 영혼을 짓누르는 말들로 들
렸습니다.

케냐에서 거주할 거처를 구하기 위해 기도하다가 우연히 우버 기사를 통해 현지인들이 사는 타운 하우스를 발견했습니다. 단독 주택이었고 작은 뜰도 있어서 좋았습니다. 선교사들이 많이 거주하는 현대식 아파트는 왠지 갇힌 느낌이 들어서 마음이 가지 않았습니다. 한 선교사님은 우리가 찾은 곳이 오래되어서 물도 잘 안 나오고 전기도 자주 끊어지고 주위 소음으로 매우 시끄럽다고 알려 주며 걱정해 주기도 했습니다.

그러나 저희가 찾은 곳이 하나님께서 인도해 주신 집이라는 확신이 있었고, 교통상으로도 사역하기로 한 대학을 방문하기에 좋고 가까운 곳에 안전한 쇼핑몰(mall)도 있어 좋았습니다. 다행히 저희는 하나님의 은혜로 그 집에서 1년 넘게 잘 살고 있고, 물이나 전기 문제도 적응할 만큼 괜찮고, 무엇보다 공간이 있어 정원을 가꾸어 즐기고 있습니다.

케냐에 도착한 지 일주일이 되었을 때 남편과 함께 기도를 마친 후 저희는 두려움을 뚫고 밖으로 나가 보기로 했습니다. 남편은 우버를 타고 나가는 것을 그렇게 위험하게 여기지 않았습니다. 저희는 처음으로 밖으로 나와 우버를 타고 가까운 대학을 방문했습니다. 대학생들에게 복음을 전할 수 있는지 상황을 알아보기 위함이었습니다. 케냐는 백화점, 학교, 아파트 등 어디에나 경비원들이 지키고 있습니다. 그만큼 안전하지가 않기 때문입니다. 대학교도 경비가 지키고 있어 들어갈 수 없었으나, 여권을 맡기고 부탁했더니 한 경비원이 동행해 주어 함께 대학을 돌아 볼 수 있었습니다.

우버를 타고 집으로 돌아오는 길이었습니다. 중간에 운전기사가 움직이면서 기사가 입은 셔츠의 등쪽에 교회 이름이 새겨진 것이 언뜻 제 눈에 보였습니다. 저는 용기를 내어 기독교인이냐고 물었고 그는 그렇다고 대답했습니다. 저는 다시 목사님이 누구냐고 물었습니다. 그는 본인이 목사라고 대답했습니다. 우리는 서로 전화번호를 주고받고, 성경공부를 원하면 매주 도와주겠다는 말을 하고 헤어졌습니다.

그 목사의 이름이 마이클이고 그는 슬럼가에서 10명 정도의 어른과 15명 정도의 어린아이들을 데리고 목회를 하고 있었습니다. 그는 우버 택시 운전을 하며 생활하고 있었습니다. 슬럼 지역에서 목회를 하기 때문에 교회의 성도들도 경제적으로 매우 어려운 형편이었습니다. 후에 간증하기를 마이클 부부는 저희를 만날 당시에 사역이 힘들고 열매도 없어 사역을 그만두려는 생각을 하고 있었다고 했습니다. 2주 후에 마이클 목사는 아내와 함께 저희 집을 방문했습니다. 그때 성경공부를 시작해서 지금까지 계속 교제하고 있습니다. 저희는 각각을 성경공부를 통해 개인적으로 도와주며, 말씀 암송과 묵상 등을 할 수 있도록 격려해 주었습니다. 남편인 마이클 목사는 부드럽고 순수한 영혼을 지녔고, 아내는 매우 야무지고 지혜로운 편이었습니다.

우리는 몇 달 동안 마이클 부부와 교제한 후 설교와 교회 사역을 도와주어야 할 필요가 보여 마이클 교회를 방문하기로 했습니다. 케냐는 신학을 제대로 공부한 목사들이 많지 않고, 마이클도 그들 중에 하나였습니다. 남편이 설교를 어떻게 하는지를 가르쳐 주기 위해 교회를 방문해서 설교를 했습니다. 한번은 남편이 설교하는 것을 보여 주고 한번은 마이클 목사가 하는 설교를 듣기 위해 교회 예배를 참석했습니다.

케냐 사람들은 신기할 정도로 무대에 서서 말하는 것을 좋아하고, 다 말을 많이 했습니다. 마이클 목사도 성경을 읽고는 본문과 상관없이 열정적으로 자기가 하고 싶은 대로 설교를 했습니다. 주로 성도들에게 하나님의 징계를 이야기하고 두려움을 조성하는 설교를 했습니다. 케냐를 점점 알아갈수록 케냐 사람들이 영적인 학대 속에 있고, 영적, 정신적, 경제적 궁핍 속에 있음 알 수 있었습니다.

우리가 방문한 마이클 목사 교회는 쓰레기 더미를 지나 컴컴한 작은 공간으로 들어갔습니다. 밖에는 여기저기 쓰레기 더미들이 있었고, 남자들은 땅에 앉아 있었고 술 취한 상태로 걸어다니는 사람도 있었습니다. 대낮이었지만 불을 켜야 하는 어두운 작은 공간에 15명 정도의 성도들과 아이들이 있었습니다. 세 시간이나 찬양하며 춤을 추며 예배를 드렸습니다. 하루하루 먹을 것이 없어 살아가기가 힘든 성도들이 부르는 찬양과 기도는 절규처럼 저의 가슴을 아프게 했습니다. 그리고 그들에 비해 하나님께로부터 받은 것도 많고 가진 것도 많은 제 자신이 하나님 앞에 충분히 감사하지 못한 것이 부끄러웠습니다.

우리는 예배 후 집으로 돌아왔고 그날 이후 남편은 점점 잠에 문제가 생기기 시작했습니다. 남편은 그날 설교하면서 계속 하수구 냄새가 심하게 나는 걸 느꼈고 어릴 때에 자신이 살았던 환경이 생각났다고 했습니다. 나중에는 남편이 4일을 꼬박 지새우며 잠을 자지 못했습니다. 남편이 마음속에 '내가 이런 곳에서 사역을 해야 하나?' 하는 생각과 함께 좌절감도 들었다고 나중에 나눴습니다.

케냐는 고도가 높아 산소량이 부족해서 대부분 잠자는 게 어렵고 호흡하기도 어렵습니다. 저희들이 초기에 케냐 생활에 적응하면서 어지

럼증과 울렁거림을 계속 느꼈고, 앉았다 일어설 때마다 눈앞이 캄캄해짐을 경험했습니다.

저는 남편이 계속 잠을 전혀 자지 못하는 것을 지켜보다가 이러다가 큰일 나겠다는 생각이 들었습니다. 남편에게 한국에 가서 의사를 보고, 약을 처방받자고 제안했더니, 남편은 그 말을 듣고 그날 3시간 정도 잤습니다. 우리는 급하게 한국으로 나가, 남편 동창인 정신과 의사를 만나 약을 처방받아 다시 케냐로 돌아왔습니다. 그러나 한국에서는 약이 들었는데 케냐로 오니, 남편이 약을 먹고도 잠을 잘 수 없었습니다. 시차 때문인 것도 있었던 것 같습니다.

저는 남편이 다시 계속 잠을 자지 못해 선교지를 다른 곳으로 옮겨야 하나, 아니면 미국으로 돌아가야 하나 여러 생각들이 몰려왔습니다. 남편에게 의견을 물었더니 남편은 단호한 태도로 헌신을 새롭게 했습니다. 죽으면 죽으리라 결심했고 약을 먹으면서라도 사명을 감당하겠다고 결단했습니다.

남편은 케냐에 오기로 결정할 때, 아내가 자신을 위해 헌신해 왔고 수고했기 때문에 이제는 자신이 아내를 위해 함께하고자 하는 생각으로 케냐에 왔습니다. 그러나 하나님께서는 철저히 남편의 헌신을 분명하게 하셨습니다. 우리 부부는 함께 울며 기도했고, 하나님 앞에서의 헌신을 새롭게 했습니다.

저희들은 잠 문제가 선교지에서 맞는 영적 공격임을 인식하며 계속 새벽마다 간절히 기도를 쌓았습니다. 남편의 잠이 점점 좋아졌고, 약도 효과가 나타났습니다. 케냐의 날씨는 비가 자주 왔고, 우리 환경과 마음도 비가 내렸으나, 우리의 기도는 지속되었고 하나님께서는 일을 쉬지 않으셨습니다.

　케냐타 대학은 케냐에서 명문대학이었습니다. 남편이 그 대학에서 전공인 재료공학을 강의할 수 있도록 문을 열어 주셨습니다. 우리는 한 명씩 사람들을 만나 복음을 전해서 개인적으로 교제하며 양육해 갔습니다. 하루하루를 충실하게 살려고 했습니다.

　남편의 잠 문제가 해결이 되었을 무렵, 제가 음료수를 마시다가 알러지 반응으로 위험을 겪었습니다. '생강 레몬차'로 적혀 있어 점심 먹으면서 남편과 나눠 마셨는데, 저만 머리 끝에서 발끝까지 빨갛게 발진이 생기면서 목이 조여 왔습니다. 거기에 알코올이 8%나 섞여 있는 것을 모르고 마신 것입니다. 저는 술을 전혀 못 하기 때문에 알러지 반응임을 직감하고 남편과 함께 근처 병원을 급히 방문했습니다. 다행히 바로 의사가 진료를 보아 주었고 알러지 반응을 해소하기 위해 2가지 주사약을 직접 정맥으로 주사했습니다. 저는 주사약 주입 후 곧 약 부작용으로 동공이 열리고 근육도 다 풀어져 손가락 하나 움직이지 못한 상태로 1시간 이상 계속 주님만 부르며 기도해야 했습니다. 1시간쯤 지나니 손가락을 까닥거릴 수 있었고 다행히 조금씩 회복되어 집으로 돌아올 수 있었습니다.

　저희들은 미국에서 케냐로 옮겨진 식물처럼, 케냐에서 어려움을 겪으면서 저희들이 케냐 신고식을 했다는 생각이 들었습니다. 남편은 잠 문제를 극복해 가며 계속 자신을 새롭게 찾아갔습니다. 그리고 저희들은 저녁을 먹지 않고 대신 매일 걷기를 하기 시작했습니다. 선교지에서 사역을 감당해 나가려면 체력을 향상하고 건강을 유지해야 함을 인식했기 때문입니다.

실버 미션이 젊을 때보다 더 쉬울 것이라는 생각이 저의 무의식중에 있었습니다. 저희가 결혼하자마자 중국으로 선교를 갔을 때는 아이들을 출산하고 양육하면서 사역을 했기 때문에, 항상 아이들의 위생과 건강, 먹을 것이 신경 쓰였었습니다. 그래서 실버 미션은 아이들이 없이 부부 둘만 선교를 나가니 훨씬 부담이 없고 쉬울 거라 생각했는데 우리의 몸이 달랐습니다. 젊을 때는 수퍼 우먼처럼 여러 가지 일을 거뜬히 해냈었는데 지금은 몸과 마음이 많이 다름을 느낄 수 있었고 적응 자체도 힘들었습니다. 그러나 우리는 부르심을 따라 늦은 나이에 안전한 집을 떠나 먼 곳으로 와야만 했습니다.

> "'그것을 찾기 위하여 집을 떠나라.'가 영성의 위대한 모토인 것이다. 집 안과 가족들이 제공하는 모든 안전장치, 가치관, 착각, 편견, 왜소함 그리고 상처들 또한 우리가 등지고 떠나야 하는 것들이다."
>
> 《위쪽으로 떨어지다》, 리처드 로어, 국민북스, p121

낯설음

먼 아프리카, 케냐
모든 것이 낯서네.

사람들도
환경도 낯설고

머무는 집도
음식도 낯서네.

낯설음을
극복하기 위해

무릎을 꿇고
몸을 낮추어

여전히 함께하시는
하나님만 바라보네.

하나님의 아들이
이 땅에 오셨을 때

얼마나 모든 것이
낯설었을까?

하늘과 땅의 차이만큼
낯설음은 컸으나

주님은
아버지를 바라봄으로

사명에
집중함으로

낯설음을
사랑으로 바꿨네.

이제 낯설음은
도전과 용기를 낳고

기대감과
설레임을 낳고

겸손과
믿음을 낳고

주님의 마음과
주님의 사랑을

내 작은 마음에
담게 하네.

단순한 삶⑴

60세 이후의 삶은
단순하게 살고자
짐 정리를 하고
익숙한 곳을 떠났네.

외적인 삶을
단순화시키므로
내적인 삶에
집중하고

모든
비본질적인 것을
제거하므로
본질에 충실하고,

삶의 군더더기를
제거함으로
인생의 순도를
높이고자 했네.

단순한 삶(2)

매일 새벽
매일 반복하는
기도 시간,

매일
반복되는
성경 읽기와 암송,

매일
반복하는
전도와 교제,

매일
콩나물에 물을 붓듯
변화가 없어 보이나

그 어느 날
매일 하는 반복이
창출하는 힘은

상상을 초월하고
감히 가늠할 수도
없을 것이네.

흙

가장
낮은 곳에서

모두의
발판이 되어 주고

누구도
차별하지 않고

받아 줌으로
넓고도 편안한 품.

각각의 모양과
종류대로 성장하고,

다양하게
열매 맺도록

잠잠히 기다리고
품어 줌으로

생명을 싹 틔우는 흙,
나도 그렇게 살고 싶네.

〈황현정 작곡가에 의해 가곡으로 창작된 시〉

미세먼지

낮은 곳에서
자신의 자리를
지키며

꽃을 피우고
열매를 맺고
생명을 키워 내는 흙.

그러나
이리저리 불어 대는 바람에
흙이 들뜨면

바람 따라
먼지가 되어
더러운 존재가 되네.

흙으로
만들어진 우리도
세상의 흐름 따라

이리저리 휘둘릴 때
마음이 불안정하고
높아져서

미세먼지처럼
사람들에게
해로운 존재가 되네.

정방폭포(제주도)

완만하게
흘러가는
인생 여정에
젖어 있지 않고

급격한
인생의 변화와
위기 앞에
당황하지 않고

도전과
모험 앞에
자신을
고집하지 않고

신뢰함으로
바다 품으로
뛰어내리는
정방폭포여!

너의 용기와
담대함이
너만의 멋과
아름다움,

너로서의
유일함과
독특함을
빛나게 하는구나.

사랑은(3)

다가가다가
무심한 모래에
밀려 부서지는 파도처럼

사랑은
그렇게 다가가다가
상처 입고

섭섭함에
토라지고
무심함에 밀쳐지나

그리움에
보고픔에
또 다시 다가가네.

사랑은
일상의 바쁨과
세상의 권력에 깨어지고

세월의 무관심과
무감각,
권태로움에 밀쳐지지만

사랑은
끝이 없는 다가감과
포옹으로

넓혀지고
또 넓어져서
모든 것을 품는 바다가 되네.

〈우은경 작곡가에 의해 가곡으로 창작된 시〉

눈높이

하나님은
모든 것을 다 알고
다 하실 수 있으나,

우리가
기도하면
우리 곁으로 오시네.

우리 삶 속에
우리의 상황 속에
우리의 마음속에

하나님은
친히 내려오셔서
우리를 보시네.

우리를 자세히 보고
정확히 알고
우리를 위로하기 위해

우리의 눈높이까지 내려오셔서
친밀함으로
우리를 만지시네.

케냐 사람

멀리서 보면
모두
똑같아 보이고

머리카락과
얼굴이
분간이 안 된다.

그러나
가까워질수록
얼굴에 윤곽이 드러나고

자세히
보면 볼수록
빛이 나고 예쁘다.

주님(롬 14:4)

주님의
주인 되심을
인정하는 제자는

결코 자신과
다른 사람을
판단할 수 없네.

나도
내 것이 아니니
교만하거나 열등할 수 없고

다른 사람도
주님의 것이니
감히 비판할 수 없네.

모세의 지팡이

모세는
자신의 무술과
권력을 사용하여

하나님의 백성을
구하고자
칼을 들었으나

모든 것을
빼앗기고
버림받고

광야로 도망쳐
손에 지팡이를 들고
양을 돌보았네.

하나님은
목자인 모세를
마침내 부르시고

모세 손에
붙잡힌 지팡이를
사용하여

하나님의
백성들을
구하셨네.

하나님은
다스림이 아니라
섬김으로,

혈기가 아니라
은혜로
일하게 하시네.

삶(3)

그리운 날은
시를 적었고

쓸쓸한 날은
하늘을 보며 걸었고

외로운 날은
책을 읽었고

모든 날들은
너를 위해 기도했다.

주님은 나의 모든 것(빌 3:8)

내게 있는 모든 것,
주님과 비교하면
아무것도 아니네.

내가 알고 있는 모든 것
주님을 아는 지식과
비교할 수 없네.

내가 꿈꾸었던 모든 것
주님의 꿈 앞에
내려놓네.

주님의 꿈이 나의 꿈 되어
나의 인생을
즐거이 드림은

주님을
더 알고
더 경험하고자 함이요,

주님 곁에서
내가
발견되고자 함이네.

노년의 인생

인생의 계절마다
아픔과 고난이 있었고
고립과 외로움이 있고

인생의
시기마다
피하고 싶은 전쟁이

가정에서
직장에서
관계에서 있었네.

이제는
출생의 문턱이 멀어지고
죽음의 문턱이 가까워진 노년.

많은 경험과
인생의 이야기가
노년을 풍성하고 여유롭게 하니,

혹 지나가는
나이에도, 관계에도,
인기에도 연연치 말고,

영원의 시각에서
사람들을 이해하고, 사랑하며
품고자 하네.

선고사

환경이 다르고
문화가 다르고
민족이 다르고
피부색이 달라도

두려움이 없이
나아가고
먼저 손을
내밀 수 있음은

하나님 앞에
은혜를 입었기에
두려움이
없음이요

하나님의
사랑을 알기에
그 사랑을
나누고 싶음이네.

선교사의 결단

상처 때문에,
배신 때문에,
사랑하기를 포기하는 사람처럼,

사기와 거짓말 때문에,
믿기를 포기하고
의심부터 하려는 나여!

그들이
거짓말을 잘한다 해도
이 민족 전체는 아닌데

모두를 의심부터 한다면
진실한 사람에게
상처를 주는 것이요,

나 자신의 영혼도
평안함과 즐거움을 잃고
황폐해지리니,

믿다가
속임을 당하더라도 믿자!
하나님께 맡기자.

내가 거짓의 여부를
밝히려는 것을
주님께 내려놓자.

내 속의 그늘

운전기사가
나이가 많고
차도 낡았다고
생각했는데

역시나
파진 구덩이에
바퀴가 빠져
한참을 갇혀 있었다.

시간과 돈을
낭비했다는
생각이
먼저 들었다.

당황하여
애쓰고 있는
현지인 기사의
가련한 모습을 보지 못하고.

내 돈과 시간과
내 권리만
생각하고 있는
이기적인 나를 보았다.

60년이 넘어서도
마땅히 해야 할
위로와 격려보다
물질에 매여 있는 나.

부끄럽지만
내 속의 깊은 그늘을
직면하며
찬란한 빛 앞에 선다.

웃어 주며
괜찮은지 물어 주며
격려할 수 있기를
기도하며.

귀향

바닷물이
끊임없이
오르내리나,

결국은
바다로
돌아감같이,

삶이
고난과 형통으로
파도를 이루나,

결국 인생은
자신을 만드신 이에게
돌아가네.

신령한 사람(갈 2:20, 고전 15:44)

내가
죽고자 했을 때

말씀이
나를 살리셨고

그리스도와 함께
나는 죽고

그리스도와 함께
나는 부활하였네.

육의 몸은 죽고
신령한 몸으로 살아났고,

하늘에
속한 자가 됨으로

하늘에 속한 이와
같아지네.

오늘도 나는
날마다 죽어짐으로

신령한 능력을
덧입고

하늘에 속한 이와 함께
하늘의 능력으로 사네.

부활의 아침

어제의 십자가
죽음을 죽이고
사망을 사망시키고
오늘의 부활 되었네.

어제의 우리는
죄의 노예였고
불안과 불행,
상처 덩어리였으나

오늘의 우리는
자유자가 되고
풍성함과 행복,
치유자가 되었네.

주님이
우리의 죄와
우리의 불행과
함께 죽으시고

하나님의 능력으로
하나님의 영광으로
우리와 함께
부활하셨네.

주님과 함께라면
우리의 고난과 고통은
기적과 기쁨이 되고
부활의 영광이 되네.

영웅적인 삶

유명 인사가 되거나
어떤 분야에서
살아남는 것을
영웅적인 삶과
혼돈하는 것은
타락됨을 보여 주네.

우리는 그저
살아남기
위해서가 아니라
성장하기 위해서
세상에
태어난 것이며

단순히
살아남거나
생명을 존속시키는 것은
짐승에게도 발견되는
낮은 수준이네.

어렵게
살아남는다는 것
실제로
상당한 능력과
노력이
필요한 것이나

더 중요한 것이
지금 그렇게
살아난 생명으로
무엇을 할 것인가가
진정한 영웅의
질문이네.

부르심

많은
양초들 가운데
주인의 손에
선택된 양초 하나

주인이
심지에
불을 붙이는 순간
빛을 발하네.

어둠을
밝히기 위해
선택되고
불이 붙여진 양초

자신을
태우며
빛을 발함으로
사명을 이루네.

성령의 불

촛불은
심지에 불을
붙이는 순간부터
빛을 발함같이

하나님께서
부르신 사람들 위에
성령의 불이
붙여질 때

비로소
빛을 발하고
자신을 드림으로
사명을 감당하네.

촛불로
다른 양초에
불을
붙일 수 있음같이

사명을
받은 사람들은
헌신을 통해
빛을 발하며

빛을 나누고
성령의 불을
전파하며
세상을 밝히네.

성경

나의 신앙의
중심에는
성경이 있네.

내 인생의
청년의 때부터
지금까지

어떤 상황
어떤 계절에도
성경이 있었네.

성경이
가리키는 방향을
나도 보고

성경이
가는 데까지
나도 가고

성경이
멈춘 곳에서
나도 멈추네.

내가
하나님을
알아 가도록

내가
어떻게
살아야 하는지

성경은 오늘도
매 순간
나에게 말해 주네.

성경은
하나님의 아들
예수 그리스도,

역사의 시작
역사의 주관자
역사의 종결자이네.

성스러운 춤

새로운 길을
떠나는 것은
위험한 일이며
크나큰 모험이네.

익숙한 것과
길들여진 것이
하도 강력하게
붙잡기 때문이네.

우리는
편안한 곳에
영구적인 집을
마련하려고 하고

많은 사람이
평생을 바쳐
성공의 사다리를 오르며
생존의 춤을 추나,

길을 떠나는 것은
신앙의 도약이며
정말 춰야 할
성스러운 춤이네.

제3부

'네 눈을 들어 사방을 보라'

내가 떠나고 나서야
내가 머물던 자리가 보이네.

내가 떠나고 나니
또 다른 세계가 열리네.

나의 눈을 열어 사방을 보네.
하늘과 구름, 나비들의 춤 행렬.

내 마음이 하나님의 세계를 품고
나를 넓힘은

내 자신을 넓은 세계로
보다 큰 사랑으로
채우려 함이네.

'네 눈을 들어 사방을 보라'

"네 눈을 들어 사방을 보라. 무리가 다 모여 네게로 오는지라 네 아들들
은 먼 곳에서 오겠고 네 딸들은 안기어 올 것이다."

〈이사야 60:4〉

저의 인생 전반부의 임무는 아내로서, 엄마로서의 임무가 가장 큰 영
역이었습니다. 동시에 간호사로서 일도 하고, 사모로서 교회도 섬기면
서 저의 용량과 역량을 넓혀 왔습니다.

저는 20년간 미국에 머물면서 영적, 정신적, 사회적으로 많이 성장했
습니다. 익숙치 않은 영어로 병원 근무를 하면서 그나마 영어가 준비
되었고, 목사님 설교 말씀을 통해 믿음과 성품을 준비해 올 수 있었고,
병원의 환자들을 돌보면서 섬김이 훈련되었습니다. 또한 담임 목사님
을 통해 책을 읽고 글을 쓰는 것을 배우면서, 계속적인 성장과 성숙을
추구하며 자아를 개발하는 법을 배웠습니다.

저의 인생 후반부의 삶은 전반부의 준비를 힘입어 인생의 참의미와
참가치를 따라 하나님 앞에 설 준비를 하는 것이라 여겼습니다. 제 인
생의 목적과 하나님께서 주신 사명을 이루는 것이 제 인생의 남은 시간
동안 집중해서 추구하고 이루어 갈 과제라 생각하였습니다.

하나님의 부르심을 확신하고 믿음으로 담대히 아프리카 케냐까지
왔으나, 저의 첫 반응은 환경과 상황들이 제가 살아온 환경과 엄청난
차이 때문에 두려움이 먼저 앞섰습니다. 안전이 위협되고, 먹을 음식

이 별로 없었습니다.

　케냐 사람들의 주식은 '우갈리'라고 하는 옥수수 가루를 쪄서 주식으로 먹었고, 소고기나 닭고기가 있으나 매우 질겼습니다. 전기불도 자주 나갔고 수도물도 약해서 샤워하는 데 오래 걸렸습니다. 밖에 나가서 쉽게 사 먹을 게 없어 집에서 모든 것을 만들어 먹어야 했습니다. 주위의 선교사들이 들려주는 말은 주로 현지인들에게 사기를 당하고, 어려움을 겪었던 이야기들이었습니다. 남편과 저는 아침마다 함께 기도하며 케냐의 좋은 점을 찾고 누리고자 힘썼습니다.

　　'믿음은 바라는 것들의 실상이요, 보이지 않는 것들의 증거니.'

　　　　　　　　　　　　　　　　　　　　　〈히 11:1〉

　염려와 두려움 등의 부정적인 생각이 부정적인 것들을 끌어오겠다는 것을 깨닫고, 감사함으로 기도하며 좋은 것을 생각하고 좋은 것을 찾아 누리기 시작했습니다. 먹을 수 있는 야채와 과일이 있음이 감사하고 가격이 미국에 비해 비싸지 않아 감사했습니다. 소를 풀밭에 풀어 키우니 지방이 없어서 질기고 맛이 없는데 건강에는 좋은 것임이 감사했습니다.

　날씨가 우기와 건기로 나누어지고 온도는 주로 가을과 봄 날씨 정도의 온도여서 에어컨과 히터가 필요 없음이 감사했습니다. 밖에 나가서 걸어다닐 수가 없어 답답했는데 차로 가까운 곳에 돈을 조금 지불하면 들어갈 수 있는 울창한 숲이 있어서 감사했습니다. 경비가 문 앞에 서서 지켜 주기 때문에 오히려 더 안전하고 편안하게 하늘과 나무들과 나비들을 보며 산책을 하고 맨발 걷기도 했습니다.

맨발 걷기를 한다는 말을 듣고 케냐에 오신 지 오래된 분들이 땅에는 발을 파고드는 벌레가 있어 위험하다고 말했습니다. 나중에 맨발로 걷는 현지인을 우연히 만나게 되어 물어 보니 그 벌레는 시골에나 있고, 수도 나이로비에는 없다고 했습니다. 남편의 잠 문제를 해결하고자 저희들은 1년 이상 함께 맨발로 산책을 즐겨 왔으나 아무 문제가 없어 감사했습니다. 그리고 남편의 잠 문제는 점차 해결되었고 약을 먹지 않고도 잘 자게 되었습니다. 케냐에서의 생활이 외로울 수도 있는데, 역으로 혼자만의 시간이 많아 공부도 하고 책도 읽고 글도 쓸 수 있어 감사했습니다.

저희들이 케냐에 와서 보게 된 영적 필요는 주님의 제자와 일꾼의 필요였습니다.

케냐에는 기독교가 대부분이고 교회와 카톨릭이 많았습니다. 예배는 열심히 보는데 사회는 부정 부패가 심하고 서로 믿지 못하는 사회였습니다. 교회의 목사님들 조차도 신학을 공부하지 않은 사람들이 많고 이단적인 교회도 많았습니다.

저희들은 주님의 제자와 일꾼을 훈련하기 위해서는 대학생들을 대상으로 하는 것이 효과적이라고 생각해서 이곳의 대학들을 관심을 갖고 알아보았습니다. 그러자 하나님께서는 케냐타 대학에서 남편이 교수로서 강의할 수 있도록 길을 열어 주셔서 자유롭게 대학을 드나들며 학생들을 만날 수 있게 해 주시고 다른 선교사들의 관섭을 받을 필요가 없게 해 주셨습니다. 케냐타 대학을 보고 기도한 대로 하나님께서는 생각지 못한 방법으로 문을 열어 주셨고 남편은 교수로서 경비에게 경례를 받으며 드나들 수 있게 해 주셨습니다.

남편이 한 학기 강의를 마치고 얻은 여학생 두 명을 제가 성경 공부 인도하며 양육하고 있는데 저에게 큰 기쁨이 됩니다. 매주 2구절씩 성경 암송도 해 오도록 하는데 거의 완벽하게 암송을 잘 해 오고 성경 공부 준비도 잘해 와서 저에게 격려가 되고, 보람을 주고 있습니다.

1년이 지나니 저희들이 교제하고 있는 사람이 각각 4명씩 8명이 되었습니다. 학생들과 사람들을 집으로 오게 해서 성경공부와 교제를 하고 먹을 것을 준비해서 싸 주거나 함께 식사를 하고 보냅니다.

케냐 선교사들의 대부분이 집은 나이로비에 있고 사역지는 다른 곳에 많이 떨어져 있습니다. 그리고 현지인을 집으로 오게 하면 안 된다고 생각하고 저희에게도 그렇게 조언을 해 주었습니다. 현지인과 생활 차이가 많이 나기 때문에 위험하다는 것이었습니다.

저희들은 모일 장소가 따로 없어서 저희들의 집을 open해서 사용하였는데 현재까지 특별한 문제가 없고 현지인들이 성경공부 하러 저희 집에 오는 것을 좋아합니다. 저는 교제하고 있는 사람들뿐 아니라, 케냐 사람들에게 과자나 사탕을 준비해서 다니며 필요한 사람들에게 나누기도 합니다. 한국 맥심 커피를 비스킷과 함께 주로 나누는데, 맥심 커피를 케냐 사람들 모두가 아주 좋아합니다. 사탕 한 개를 나누어도 그들의 얼굴이 환해지는 것이 저에게 큰 기쁨을 줍니다.

학생들은 한국 드라마도 아주 좋아하고 저희들을 백인으로 여깁니다. 케냐 사람들은 성격이 부드러운 편이어서 큰 소리를 지르거나 싸우는 것은 보지 못했습니다. 처음에는 사람들의 얼굴이 비슷해서 잘 구분이 안 되었는데 1년이 지나니 좀 나아지고, 케냐 사람들의 잘생김과 예쁨도 보입니다.

또한 케냐에는 사파리가 잘되어 있어 단기 선교팀이나 방문객들이 오면 사파리를 방문할 수 있어 자연 속의 동물들을 볼 수 있어 감사가 됩니다. 저는 특히 사슴의 눈망울과 기린의 우아한 자태에 매혹되곤 합니다.

남편은 저에게 '믿음'과 '분별력'이 저의 은사라고 자주 말하곤 했습니다. 특별히 낯선 곳에서 새로운 일을 시작해야 하니 믿음이 많이 필요하고, 새로운 선택을 해야 할 일들이 많아 분별력이 많이 필요하기 때문에 남편의 눈에 더욱 제가 그렇게 보인 것 같습니다.

제 개인적으로는 하나님께서 케냐에서 저의 생각들을 들여다보게 하시고, 제가 염려와 걱정과 두려움에 많이 눌려 있는 것을 발견하게 하셔서 저를 새롭게 하기를 원하셨습니다. 저는 제 자신의 생각과 믿음을 새롭게 하기 위해 〈히 11:1〉 말씀을 붙들었고, 부정적인 생각이 들면 빨리 믿음의 생각으로 바꾸려 하였습니다.

하나님께서 남편도 믿음을 갖고 하나님의 약속 말씀을 이루실 것을 기대하게 하셨습니다. 남편은 잠 문제를 통해 자신의 무의식을 지배하고 있는 두려움과 부정적인 생각과 말이 어릴 때의 상처가 근원임을 직시하면서 문제를 해결해 나갔습니다. 현재는 평안한 가운데 기쁨으로 잘 생활하고 있습니다.

하나님께서는 케냐에서 저희들의 관점과 생각들을 더 새롭게 하시고, 믿음을 새롭게 하셨습니다. 생각한 것을 보게 하시고 본 것을 얻게 하셨습니다. 첫해는 슬럼가에 있었던 작은 교회를 슬럼가 밖으로 나오게 해서 교회를 다시 세워 그 기초를 세울 수 있게 하셨습니다. 슬럼가 사람들뿐 아니라 주위 동네 사람들도 교회에 와서 함께 예배 볼 수 있도록 장소를 마련하였습니다. 마이클 목사의 설교를 도와주고 건강한 교회의 모습을 보여 주고 가르쳐 주게 되었습니다.

저희가 케냐에 있지만 이곳에서도 본 교회의 예배를 보고 본 교회 목사님의 설교를 들을 수 있음이 감사합니다. 케냐에 있지만 문자로, 전화로, 줌이나 메일로 서로 연락이 가능함이 감사합니다. 이곳에서도 계속적으로 성장하고 성숙해 가는 삶을 살 수 있음이 감사합니다. 저희들이 중국에 5년간 선교사로 있었을 동안에는 폐쇄된 삶을 살아서 5년간의 한국과 세계의 변화를 모르고 지냈습니다. 그러나 현재는 세계가 한눈에 들어 오고, 같은 시간에 세계의 모든 소식들을 들을 수 있음이 감사합니다.

케냐의 환경은 어렵지만 케냐 선교는 60세에 제가 제 자신을 찾고, 이해하는 가운데 하나님 안에서 내린 결정과 선택이므로 감사합니다. 또한 케냐에서 하나님이 진정으로 원하시는 일에 제 자신의 시간과 마음을 드리며 동참할 수 있음에 감사하고 있습니다. 직접 사람들을 만나 복음을 전해주고 말씀으로 양육해 가는 삶을 통해 저의 신앙의 초심을 회복해 가고 있는 것이 감사합니다.

인생은 천국을 향해 가는 순례이고, 우리의 현재를 받아들이는 방이 큰 만큼, 우리가 누리는 미래의 천국은 클 것이라 생각합니다. 케냐에 있는 동안 케냐의 모든 것을 받아들이며 누리기를 원합니다. 케냐에서 주님을 기뻐하며, 그 기쁨과 복을 나누기를 원합니다.

무엇보다도 제가 케냐의 낯선 환경과 어려운 환경을 적응해 갈 수 있었던 것은 '예수님의 성육신'을 묵상하며 도우심을 구했기 때문이었습

니다. 제 자신이 바라보고 따라갈 영원한 본, 가장 참된 본을 보여 주시
고 인도해 주시는 주님께 감사합니다.

 케냐 사람들에게 다가가고 어린 아이들을 안아 줄 수 있는 사랑과 용
기는 예수님의 성육신을 생각할 때 가능했습니다. 주님의 본이 있었기
에 저도 케냐 선교가 가능했습니다.

> "사랑이란 자기 내부의 그 어떤 세계를 다른 사람을 위해 만들어가는 숭
> 고한 계기입니다. 그리고 자기 자신을 보다 넓은 세계로 이끄는 용기입
> 니다."
>
> 〈라이너 마리아 릴케〉

> "칼 융이 자연적인 인생이라고 부른 인생 전반기를 성공하려면 특정 분
> 야를 전공하고 한정된 영역에서 높은 수준에 이르러야 한다. 그러므로
> 필연적으로 세계를 넓게 보는 눈은 희생된다. 젊을 때는 직업적이고 사
> 회적인 성공을 위해 몇 가지 소질만 개발하다 보니 많은 재능을 묵히고
> 있다. 칼 융이 말한 인생 후반기의 '통합' 즉 인간 완성을 향한 새로운 진
> 전은 오랫동안 커리어를 위해 희생해야 했던 모든 것을 일깨우는 것을
> 의미한다."
>
> 폴 트루니에,《꿈꾸는 어른》, 한국 장로교 출판사 역간, p11

60세가 넘으니

30세까지는
살아내기 위한
준비를 했네.

육적으로
정신적으로
지적으로

사회적으로
영적으로
성장하고자

잠을 줄이며
공부하고
일했네.

30세 이후 60세까지는
살아내는
삶이었네.

결혼하고
아이를 낳고
가정을 세우며

아이들을 위해
가정을 지키고
살리기 위해

잠 못 자고
일하고
기도했네.

이제 60세가
넘으니
내 삶이 찾아왔네.

나 자신을 위해
잠도 자고
운동도 하며

나를 위한 사명을
발견하고
이행하기 위해

새로운
도전과 시도로
하루하루를 사네.

모험

안전을 위한
대비책이
더욱 위험할 수 있고

실패에 대한
대비책이
더욱 실패하게 하네.

어떤 일이든
실패를 각오하고
과감하게 뛰어들었을 때

비로소
우리는
실패를 돌파하고

집에 안주하지 않고
모험을 시작했을 때
집을 향해 가게 되네.

시

지혜가
머리카락으로
얼굴을 가림은
탐구하는 마음으로
찾게 하고자 함이요

애매한 표현과
많은 비유로 말함은
말하는 바를
깊고 다양하게
생각하게 하려 함이네.

젊음

촛불이
바람에
좌우로 흔들리며

위를 향해
타오르기 위해
자신을 태우듯이

젊다는 것은
삶의 중심을 잡기 위해
좌, 우로 흔들리는 것이며,

현재를 직면하여
자신을 투자하고
자신을 넓혀 가며

미래를 향해
꿈을 꾸며
타오르는 것이네.

용기

스스로
넘어지기를
허용하지 않는 사람은

인생의 균형을
잡지 못하고
고달픈 삶을 사네.

실패할 수 있는
용기를 가진 사람만이
성공하는 법을 배우며

넘어져 본 사람만이
다시 일어서는 법을
배울 수 있네.

아이들이
넘어지지 않도록
미리 막아 주는 것은

그들에게
아무 도움이
되지 않네.

넘어져도
다시 일어서는
용기를 가르쳐야 하네.

케냐의 겨울

내가 살았던
미국도
한국도
다 여름인데

내가 있는
이 케냐는
겨울이며
나도 겨울이네.

스스로를
새롭게 하고
봄을 준비하기 위해
땅 밑까지 내려간 나무처럼

나도
찬란한 빛 앞에
벌거벗었고
내 존재의 뿌리를 보네.

케냐 채소밭

비행기를 타고
멀리 건너온 씨앗들이
케냐 땅에 누워
싹을 틔웠네.

흙도 다르고
물도 다르고
기후도 다르나
햇볕은 같고

날마다
물 주는 이의
손길과
사랑은 여전하니

찬란한
햇볕 아래
간절한 마음과
돌봄 속에

채소들은
너도나도
어우러져
씩씩하게 자라네.

케냐 땅

이곳 사람들은
이제 다
신을 신고 있는데

나는 맨발로
붉은 땅을
매일 걷는다.

나의 본질에
조금 더
가까워지고

낮은 곳에서
생명을 키워내고자
마음을 정함이다.

깡마른 나무들이
쭉쭉 큰 키로
반쯤 하늘을 가렸고

이른 오후에
하얀 반달이
옅은 미소를 보낸다.

하얀 반달 속에서
지구 반대편에 있는
사랑하는 이들을 본다.

사랑하는 법(1)

사랑하지
않을 것 같은 당신을
사랑하였고

사랑할 수
없는 당신을
사랑하였기에

홀로
사랑하는 법을
배웠고

이제는
어디에서나
사랑할 수 있습니다.

사랑하는 법(2)

진정
사랑한다면

예쁘게 보면서
사랑하고

좋게 생각하며
사랑하고

믿어 주며
사랑하고

아름답게 만들어 가며
사랑합니다.

당신이 나를
사랑한 것처럼.

초원

풀잎이
봄바람에
흔들린다.

여기저기
풀꽃들이
고개를 든다.

노란 민들레,
이름 모를 하얀 풀꽃
보라색 풀꽃.

풀잎과 풀꽃이
저토록 곱고
눈부시다니.

토양이 좋으면
풀잎도 풀꽃도
빛나는구나.

좋은 것으로
나를
먹임으로

늙어도
풀꽃이어도
눈부실 수 있겠네.

평안과
쉼을 주는
초원처럼.

비 오는 날

비가
주룩주룩

꽃과 나무들이
배불리 먹고도

흙에는
물이 고인다.

비가 오면
나는 쉬고

하나님이
물 주시는 날.

꽃과 나무와
채소들은

말갛게
목욕까지 하고

모두들
새롭게 태어난다.

비를 맞은 후
꽃과 나무가 자라듯

나도 젖으면서
자란다.

케냐의 정원

황무지를
일구는 마음으로
작은
정원을 만들고

흙을 다듬고
거름을 주고
나무와 꽃을 심고
물을 주었네.

흙 근처만 가도
황토물이 들어
신발도, 나도
벌건 흙이 되었네.

어느새
정원에는
꽃들이
재잘거리고

새들은
슬쩍슬쩍 오가며,
나비는
너울너울.

그리움과
옛 추억과
보고픔을
부추기네.

몸바사의 밤바다

낮에는
잔잔하고
고요해서
함께 놀아 주며
친절했던 바다.

모두가
떠나고
칠흑 같은
어둠이
도착하니

바다는
크고 하얀 이를
드러내어
고함치며
달려온다.

이미
백사장은

점령하여 삼키고
발 아래 바윗돌을
치고 있다.

인생에도
어둠이 엄습하면
숨어 있던 야수가
소리치며
난동을 부리듯이,

캄캄한 하늘에는
반짝이는 별들이,
하늘과 바다 사이에는
야자나무들이
바다를 달래고 있다.

기린

다시 오신다는
그 약속 믿고
기다리고
또 기다렸더니

당신을 향한
나의 눈빛으로
나의 목은 길어지고
또 길어져서

나의
고고함이 되고
내가 살아갈
방향이 되었네.

믿음의
창시자요
믿음의
완성자인 당신.

내 삶의
목적이 되고
내 삶의
의미가 되어

약속이
믿음이 되고
기도가 되어
이곳에 서 있네.

올 파제타 보호구역

옛날에
케냐의 동물 사냥터가
이제는
동물 보호구역이 되었네.

차를 타고
사자들이
떼 지어 있는 곳을
발견했네.

어제 먹이를 먹어
배부른 사자들
3일 동안은 먹지 않고
휴식을 취한다는데

자는 폼이
고양이와 똑같이
벌렁 뒤집어
하늘 보고 누웠네.

동물의 왕인
사자가
이렇게
민망한 자세로 자다니!

사자라도
배부르면
저렇게 볼품없이
퍼지는구나.

구원(롬 8:28)

구원은
우리에게
닥쳐온 고난이
완벽하게
치워진 상태가 아니라

그 고난이
머리를 돌리고
우리를 위하여
유리하게
활용되는 것이네.

그것이
하나님의 사랑이
우리를
바꿔 놓는
방식이며

우리를
하나님에게로
우리의 참자아에게로
돌아가게 하는
방식이네.

머리를 들게 하시는 하나님(시3:3)

세상은 날로
험악해져 가고
안전한 곳
하나 없지만

하나님은
우리의
방패가 되시니
두려울 것이 없네.

세상은
자신의 영광을 위해
서로를
무너뜨리려 하나

하나님은
우리의 영광이시니
우리의 머리를
드시는 자이시네.

우리의 방패,
우리의 안전,
우리의 승리,
우리의 영광이 되시는 하나님!

우리의 머리를
들게 하시는
하나님의 사랑,
하나님의 능력을 기억하네.

나의 가치

자신의 가치는
스스로
매기는 것이네.

위대한 사람인지
형편없는 사람인지는
자신이 결정하게 됨은

나의 가치는
하나님이 이미
최고로 정하셨음이네.

그러므로
자신을 인정해 주고
격려하며

다른 사람이
나를 함부로
대하지 못하게 하고

영원한 것을
목표로
순간 속에 살아야 하네.

슬픔

슬퍼하는 것,
외로워 하는 것,
아파하는 것,
그 감정들을
피하거나
느끼지 않으려고
외면하기보다

아직도
느낄 수 있고
살아 있음을
감사하며
그 감정들을
누리고
생각할 수 있다면,

우리는
훨씬 건강하고
풍요롭고
슬픔까지도

친구 삼아
삶이
더 깊어지네.

온전함

참된 온전함은
언제나
역설적이고

사물의 어두운 면과
밝은 면을
아울러 품네.

사랑과 고통,
숙명과 행운,
만남과 이별 등,

신비에 속한
죽음이고
부활이네.

즉
거짓 자아의
죽음이요

우리 영혼의
태어남이고
자유함이네.

이름

누가
나의 이름을
기억하고
불러 주기를
기다리기 전에

내가 먼저
그의 이름을
기억하고
불러 주고
존중히 여긴다면,

그 이름은
그에게
모든 말 중에서
가장 달콤하고
중요한 말로 들리고

그의 관심은
집중되고
나의 말에
귀가 열리고
마음이 열리네.

만남

섭리라는
이름으로
찾아온 만남을

아름답게
가꾸니
사랑이 되고

사랑을
주고받으니
행복이 되었네.

말의 힘(눅 19:22)(마 12:36, 37)

내 입의 말이
중요하니
내가
부정적이고
의심의 말을 하면

나의 말대로
부정적인
상황이 생기고
의심했던 대로
일이 흘러가네.

내가
믿어 주는 말
긍정적인 말을
내 입에서
선포할 때

내 입의 말대로
환경이 열리고
우주가 움직이며
사람의 마음이
믿음대로 움직이네.

소망(1)(애 3:21-23)

내 마음에
담아 둔 말씀이
절망을
소망으로 바꾸는
강력한 무기네.

주님의
사랑과 긍휼이
영원하고
아침마다
새로우니

말씀이
들려주는
아름다운 선율에
귀를
기울이며

그 가락에
맞추어
어둠 속에서
주님과 함께
춤을 추네.

소망(2)

내 인생에
그림자가
드리워질 때
빛 되신 주님이
내 곁에
가까이 계심이네.

마치
그림자가
있다는 것은
빛이
가까이 있음같이

모든 소망은
어둠 속에서 시작되고
그 소망은
긍정적인 믿음을
증폭시키네.

바라볼 대상(히 12:2)

우리가 항상
바라볼 대상,
예수님이네.

고난 앞에 있는
기쁨을 믿음으로
십자가를 참으신 분,

아버지의 사랑과
계획을 신뢰함으로
순종하신 분,

믿음의
주인이시요,
모델이 되시는 분,

우리를 이끄시고
온전하게 하실 분,
예수님이네.

탐욕과 편견에서
시야를 밝게 하실 분,
예수님이네.

믿음(히 11:1)

내가
바라고
추구하며

꿈을
꾸었던 것들이
실제가 되고,

마음으로 보고
믿음으로
보았던 것들이

온 우주를 통해
내게로
끌려 오네.

제4부

'나의 영광을 나타낼 것인 즉'

그리스도의 이름을 위하여
우리가 낮아지고 가난해진다면,

우리가 복이 있음이요
영광의 영이 우리 위에 계심이네.

그리스도인답게 살고자 할 때
세상은 우리를 무시하고 멸시하나,

말씀에 순종함으로 받는 고난은
하나님께 영광이 되네.

'나의 영광을 나타낼 것인 즉'

'네 백성이 다 의롭게 되어 영원히 땅을 차지하리니. 그들은 내가 심은 가
지요 내가 손으로 만든 것으로서 나의 영광을 나타낼 것인즉 그 작은 자
가 천명을 이루겠고 그 약한 자가 강국을 이룰 것이라. 때가 되면 나 여
호와가 속히 이루리라.'

〈사 60:21-22〉

저의 나이 60세가 되었을 때 미국에서의 삶을 뒤돌아보니, 제가 물론
사모로서 살면서 성경 공부도 인도하기는 했지만, 대부분 생존을 위한
삶에 자신을 드렸고 또한 가족들을 위한 삶이었습니다. 그래서 이제는
하나님 나라를 위해 살아야겠다는 저의 생각과 함께, 하나님께서는 꿈
을 통해, 말씀을 통해 저를 인도해 가셨습니다. 병원에서 간호사로서
일하면서 제일 힘들었던 환자들이 흑인 산모들이었는데 하나님께서
흑인들의 나라인 아프리카로 인도해 가셨습니다.

20세 이후 60세까지 살면서 하나님의 말씀이 보여지면 단순하게 순
종해 왔던 신앙 여정이 이번에도 두려웠지만 단순하게 순종을 결심하
게 하셨습니다. 20세에 예수님을 만나고 주님의 제자로서 훈련을 받으
면서 대학시절과 직장 생활 동안 말씀을 따라 단순하게 순종하는 삶을
살고자 했습니다. 사람들과 세상의 흐름보다는 하나님과 말씀에 우선
을 두고 선택함으로 때로는 사람들로부터 격리와 이상히 여김과 무시
도 당했습니다. 그때마다 가지고 기도했던 말씀이 잠언 16:7 말씀이고

하나님께서는 그 말씀대로 결국에는 관계도 좋게 하시고 저를 일으켜 높여 주셨습니다. 세상적인 높임이 아니라, 하나님께서 저와 함께 하심을 드러내 보여 주시는 것이었습니다.

> "사람의 행위가 여호와를 기쁘시게 하면 그 사람의 원수라도 그와 더불어 화목하게 하시느니라."
>
> 〈잠 16:7〉

이번에도 선교를 나가기로 결정하고 성도님들에게 알려졌을 때 대부분의 성도님들은 감동하시면서 본인은 하지 못한 선교를 저희가 대신해서 나간다는 마음으로 격려와 사랑을 베풀어 주셨습니다.

코비드 기간 동안 제가 깨닫게 된 것은, 미국에서의 저의 삶이 경제적으로 부족함이 없고, 자녀들도 다 독립해서 자기의 삶을 잘 살고 있었기 때문에 마음이 저도 모르게 부해진 것이었습니다. 매일 기도하지만 저의 기도가 간절함이 없고, 영적으로, 육체적으로 무기력한 것이 저에게 가장 큰 위험 신호로 느껴 졌었습니다.

> "오히려 너희가 그리스도의 고난에 참여하는 것으로 즐거워하라. 이는 그의 영광을 나타내실 때에 너희로 즐거워하고 기뻐하게 하려 함이라. 너희가 그리스도의 이름으로 치욕을 당하면 복 있는 자로다. 영광의 영 곧 하나님의 영이 너희 위에 계심이라."
>
> 〈벧전 4:13, 14〉

저를 평가해 보았을 때 제가 많이 경험하고 열매가 있고 잘할 수 있는 하나님의 일이 제자 삼는 일이었습니다. 영적인 부모가 되어 자녀를 키우듯 돌보는 일이기 때문에 많은 신학적 지식이 부족해도 하나님의 사랑을 담은 가슴과 성경에 대한 올바른 지식과 돕는 방법을 알면 가능하기 때문입니다.

결혼 후 중국에서 아이들을 낳고 키우면서 5년간 선교를 하였었는데 그때의 열매가 아직도 보존되어 중국 각 지역에 흩어져 있는 자매들(이제는 다 가정을 이루고 엄마들이 됨.)이 지금도 일주일에 한 번씩 줌으로 교제하며 함께 기도하고 있고, 리더인 자매와는 제가 1달에 한 번씩 화상 통화로 교제를 하고 있습니다. 25년이 흘렀지만 제자로서 살아가고 있는 자매들을 보며 무엇보다 보람을 느낍니다.

케냐에 와서도 저희들은 사람들에게 집중하여 주님의 제자로, 영적 지도자감으로 사람들을 돕기 위해 기도했습니다. 현재에 저희 부부는 목사 부부를 만나 성경 공부를 통해 도와주며, 설교를 가르쳐 주며, 성도들을 양육하도록 도와주고 있습니다.

하나님께서는 케냐타 대학에 와 있는 한국 유학생을 통해 케냐타 대학 채플의 교수님을 만나게 하시고, 그 교수님께서 남편의 케냐타 대학 교수의 길을 도와주게 하셨습니다. 그 후에 그 유학생은 한국으로 돌아가고 이곳에 없습니다. 하나님께서 섭리적인 만남을 통해 인도하시고 도와주셔서 남편은 케냐타 대학의 교수로 강의하며 학생들을 만날 수 있게 해 주셨습니다. 현재 케냐타 대학에서 대학생들을 제자로 훈련시키며 지도자로 세워 가고 있습니다.

하나님께서는 남편이 선교 단체에서 제자로 훈련받았던 것과 목사로서 미국에서 섬겼던 모든 것을 사용하셔서 저희의 남은 사역을 해 나가도록 길을 열어 주셨습니다. 케냐에서 돈이 필요한 학교 사역이나, 병원 사역 등도 있지만 저희들은 저희들이 가지고 있는 것으로 그 안에 사랑과 정성을 담아 영혼을 섬기고자 합니다. 저희들이 떠난 후에도 저희들이 도왔던 사람들이 계속 사람들을 도와 갈 수 있도록, 사람들을 남겨 두고 이곳을 떠나기를 원합니다.

사람들의 눈에 보이도록 큰일을 하려고 하기보다 하나님의 큰 사랑으로 저희들에게 맡겨진 한 사람, 한 사람에게 최선을 다 하고자 합니다. 그리고 그 한 사람을 통해 케냐를 보고 세계를 보고자 합니다. 케냐 선교를 통해 하나님의 약속의 성취를 경험하며 하나님의 영광을 보기를 기도합니다.

케냐에 와서 성도님들의 정성 어린 섬김들을 나눌 수 있는 것이 저희들에게 또 하나의 큰 기쁨입니다. 케냐 사람들은 백인들을 만나면 복이라고 말합니다. 저희들도 케냐 사람들의 눈에는 백인이고 복입니다. 케냐 사람들은 저희들에게 호의적이고 가까이하기를 원합니다. 물론 경제적인 필요를 채우고자 하는 것이 그들의 대부분의 목적이지만 저희들이 복음을 전하고 사귀기에는 좋습니다.

저는 집에서 매주 샌드위치를 많이 만들어서 성경공부 하고 돌아가는 형제 자매들에게 저녁으로 싸서 줍니다. 달걀과 치즈를 넣은 간단한 샌드위치도 그들에게는 처음 대하는 음식이어서 너무 좋아합니다. 제가 가진 것으로 나눌 수 있다는 것이 저를 행복하게 합니다.

저는 케냐에 와서 주로 요리를 많이 하게 되었습니다. 남편과 항상 집에서 밥을 먹으니 메뉴를 바꾸어 가며 음식을 준비해야 하고, 가끔 교제하는 형제 자매들도 밥을 먹일 때가 있어서 그렇습니다. 저의 일상이 육적인 양식과 영적인 양식을 준비하고 먹이는 일이 대부분이어서 바쁘지만 충실합니다.

가난하고 어려운 삶이지만 말씀을 배워 가며 얼굴이 밝아지고, 하얀 이를 드러내고 웃는 케냐 사람들을 통해 하나님의 영광을 봅니다. 처음에 이질감으로 느껴졌던 케냐 사람들과 그들의 문화가 1년이 지나니 많이 친숙하게 느껴집니다.

조금이나마 저의 편견을 벗어나 하나님의 관점으로 영혼들을 볼 수 있음에 감사하고 있습니다. 그리고 새로운 환경, 즉 궁핍하고 어려운 환경에 제 자신이 적응하며 살아갈 수 있음이 감사합니다. 소극적인 삶에서 좀 더 적극적이고, 담대하고 용기 있는 삶을 살 수 있음에 감사합니다. 제가 저의 삶의 가치로 여겨 왔던 영원한 것, 즉 하나님과의 교제와 말씀에 대한 신뢰, 영혼들의 구원과 양육에 저의 대부분의 시간들을 투자하며 살아갈 수 있음에 감사합니다.

영혼들을 도와 가되, 사역의 결과에 집착하지 않을 수 있어 감사합니다. 선교의 결과물들을 교회나 사람들에게 보여 주어야 하는 부담감으로부터 자유로울 수 있어 감사합니다. 하나님께서 허락하신 시간 동안, 하나님께서 허락하신 영혼들을 도울 수 있어 감사합니다. 제가 사랑하고 사랑했던 모든 관계로부터 나와 있음으로 그리움과 소중함을 더 느낄 수 있어 감사합니다.

호메로스의 《오딧세이(odyssey)》에서 '오딧세이'의 사전적 정의는 '수많은 운명의 변화가 있는 긴 방랑'이라는 뜻입니다. 삶은 여정이고 항해이고, 추구이자 순례이며 개인의 오디세이입니다. 그리고 우리는 모두 그 시작과 끝 사이의 어느 지점에 서 있습니다. 우리 인간의 운명이 그처럼 긴 여행을 해야 하는 것이라면 언젠가 우리는 이렇게 묻게 되어 있습니다.

"우리는 어디에서 와서 어디로 가는가?"

《오스기니스의 인생》, p14~15 참조, IVP

우리는 여전히 시간과 죽음을 막을 수 없습니다. 어떤 이들은 미처 생각하기도 전에 죽음을 맞이하고 어떤 이들은 깨달음의 충격으로 인해 적절한 순간에 정신을 차리게 됩니다. 제가 저의 삶의 여정에 대해 인식하고 시간의 흐름에 경청하며 저의 생각과 마음이 더욱 깊어질 수 있어서 감사합니다.

오늘의 짧은 순간의 성공을 위해 영원한 내일을 팔지 않고, 영원한 것을 위한 예산을 가지고 살아갈 수 있음이 감사합니다. 삶은 선물이며 또한 기회이고, 매 순간은 영원한 행복이 될 수 있음을 알아 갑니다. 60세 이후의 삶을 살며 자신에 대한 새로운 발견과 경이감, 세상 모든 것에 대한 호기심과 경이감으로 살아 가는 법을 익혀 가고 있습니다.

단순하고 조용한 삶을 통해 자연의 많은 소리들을 들을 수 있고 볼 수 있어 감사가 됩니다. 이 땅에서도 제가 돌아갈 곳이 있고, 만나고 싶은 사람들이 있어 감사가 됩니다. 오늘도 이곳 케냐에서 저를 성장하고 성숙하게 해 준 과거의 추억을 감사하며, 가슴 설레는 미래를 품고 살아갑니다. 한 사람, 한 영혼에게 하나님의 크신 사랑을 보여 주고 나눔으로 하나님의 영광이 케냐 땅과 온 세계에 가득하기를 기도합니다.

하나님만이 제가 의지하고 바라보는 저의 영원한 빛이 되심으로 저의 슬픔의 날이 끝나고 하나님께서 일하시고, 하나님의 약속을 이루시는 놀라운 영광을 보게 하실 것을 기대합니다.

> "다시는 네 해가 지지 아니하며 네 달이 물러가지 아니할 것은 여호와가
> 네 영원한 빛이 되고 네 슬픔의 날이 끝날 것임이라. 네 백성이 다 의롭
> 게 되어 영원히 땅을 차지하리니. 그들은 내가 심은 가지요 내가 손으로
> 만든 것으로서 나의 영광을 나타낼 것인즉.
> 그 작은 자가 천명을 이루겠고 그 약한 자가 강국을 이룰 것이라 때가 되
> 면 나 여호와가 속히 이루리라."
>
> 〈사 60:20-22〉

최근에 저의 삶에 큰 확신과 격려가 된 책이 헨리 나우웬의 《세상의 길, 그리스도의 길》입니다. 책에서 말합니다. 세상은 성공과 출세를 추구하는 상향성의 길을 가지만, 예수님은 하향성의 길, 즉 낮아지는 길을 가셨다는 것입니다. 그리스도의 길을 따르는 훈련은 어떤 것을 터득하는 것이 아니고, 오히려 성령의 지배를 받는 것입니다. 훈련에서조차도 상향성의 유혹과 시험은 끈질기게 따라오기 때문에 늘 우리는 자기를 비우고 성령의 지배를 받기 위한 노력을 게을리해서는 안 된다는 내용이었습니다.

세상의 길은 상향성의 길인 성공과 출세만을 말합니다. 그러나 예수

님은 가난하고 헐벗고 굶주린 자, 소외된 자들을 위하여 상향성이 아닌 하향성의 길을 택하셨습니다. 좁고 낮은 길, 그 길이 진정한 제자의 길이라고 말씀하시며 우리에게 그 길을 따르라고 하셨습니다.

남편과 저는 주님의 제자로서 하향성의 길을 가려고 나름대로 노력해 왔었습니다. 남편은 박사학위를 받고 결혼 후 중국 선교의 길을 함께 떠났습니다. 그러나 신분이 드러나 돕던 중국 박사생 2명과 박사 후 과정을 노스웨스턴 대학으로 왔었습니다. 그리고 삼성에 연구원으로 3년간 일하다가 다시 내려놓고 선교학 공부를 위해 미국으로 와서 거의 20년간을 남편은 목사로서, 저는 간호사로서 일해 왔습니다. 이제 은퇴 준비를 하며 글도 쓰며 그렇게 저의 인생이 마무리 지어 가는 줄 알았습니다.

미국 생활은 거의 정신없이 바빴습니다. 새벽에 일어나 출근 준비해서 교회 새벽 예배를 참석 후 병원에 나가서 12시간 동안 일하고 돌아왔습니다. 그러면서도 교회 행사는 거의 참석하려고 애썼고, 책도 읽고 시도 적었습니다. 그러다가 코비드가 터지면서 교회 출석과 활동으로부터 멈춰 서게 되고, 사랑하는 어머니와 동역자의 죽음을 맞이하면서 제 인생을 돌아보고 하나님의 음성에 귀 기울이게 되었습니다.

하나님께서는 상향성의 길, 즉 경제적인 부, 지식, 명예를 추구하던 길에서, 예수님의 그 하향성의 길로 들어설 수 있도록 저를 다시금 부르시고 인도해 가셨습니다. 10년만 더 일하면 소셜연금이 어느 정도 넉넉할 것 같은데 다 내려놓고 생각해 보지 못했던 아프리카로 오게 하셨습니다. 저의 삶에 개입하셔서 제 자신이 준비한 물질을 의뢰하지 않도록, 하나님을 의지하며 살아 가도록 인도하신 하나님의 사랑에 감사를 드립니다.

이곳 아프리카에 와서 이곳 사람들은 거의 한 끼를 먹고 살아가는 사람들이 많이 있음을 보며, 가능하면 비스킷, 빵, 사탕 등을 나누는 버릇이 저에게 생겼습니다. 그 작은 것에도 그들의 표정은 환해지며 감사해합니다. 매주 교제하기 위해 오는 학생들에게 샌드위치를 만들어 주기 위해 일부러 마켓을 갑니다. 주님을 섬기는 마음으로 그들을 섬길 수 있어서 감사합니다. 저의 삶이 영혼들을 영적으로 육적으로 먹이는 삶에 집중할 수 있어서 감사합니다.

이곳 케냐에서는 세상뿐 아니라, 영적인 성공과 명예로부터 자유로워지고, 부족하지만 하나님의 사랑으로 한 영혼, 한 영혼을 사랑으로 돌볼 수 있어서 행복합니다. 삶의 의미를 발견하고 영원한 것, 가장 중요한 것에 저의 노년의 시간들을 사용할 수 있어서 감사가 됩니다. 가장 좋은 동역자요, 평생의 반려자인 남편이 함께하며, 서로 격려하고 서로 지지자가 되어 줌이 감사합니다. 저희들이 미국으로부터 떨어져 있지만 자녀들과 교회 성도님들과 주님 안에서 기도로 하나됨이 감사가 됩니다.

> "그는 근본 하나님의 본체시나 하나님과 동등됨을 취할 것으로 여기지 아니하시고
> 오히려 자기를 비워 종의 형체를 가지사 사람들과 같이 되셨고
> 사람의 모양으로 나타나사 자기를 낮추시고 죽기까지 복종하셨으니 곧 십자가에 죽으심이라."
>
> 〈빌 2: 6-8〉

"죽음은 아직 자신의 삶을 살아보지 못한 사람들에게는 크나큰 위협이다."

〈리처드 로어〉

그리움

마음을 접고
손을 펴고

거리를 두고
시간을 두었지만

여전히
생각 속에,

마음속에
머물러 있는 얼굴들

손녀딸(1)

웃는 모습이
어찌 그리 예쁜지,

웃는 인형만 봐도
따라 웃는 귀염둥이.

히히히
웃는 웃음 속에

자연의 맑음이,
햇살에 밝음이 빛나고.

미래의 아름다움과,
무한한 꿈이 피어나네.

손녀딸(2)

호기심이
가득한 눈으로

세상을 보고
자연을 보고

온 우주를 보는
귀염둥이.

눈웃음 짓는
반달 눈에

모든 것을
해 보고

끝까지 보는
대단한 집중력.

두 살배기
눈 속에

사람도
자연도

세상도
우주도

하나로
문을 연다.

패랭이꽃

첫눈에
예뻤다.

보고 또 봐도
예쁘다.

밝고 귀여운
우리 딸 같아서.

엄마의 마음

좋은 것만 보면
너희 생각나고

멋있는 경치를 봐도
너희 생각나고

너희들은
행복한지

너희들은
즐거운지

자꾸 너희 생각하는
마음을 달래며

조용히 눈을 감고
두 손을 모은다.

그믐달

아직도
어두운 새벽

은은한 미소가
창문을 두드리네.

커튼을
거두고 보니

그리운 사람들의
미소를 담아

그믐달이
눈웃음 짓네.

새벽 닭 소리

새벽에
창문을 열면

별 하나
반가운 눈빛으로

나를
맞이해 주고

흑암을 품은
어미 닭 소리

적막을 깨고
내 영혼을 깨우니,

나를 비움으로
무릎을 꿇으면

나의 사랑,
나의 주님이 보이고

친밀하고
세미한 말씀이

사랑의 빛으로
내 영혼을 채우네.

인생(1)

출생은
사망을 업고
이 땅에 와서

사망의 날이
아름다운 사랑과
추억으로 차면

사망은
출생은 업고
다른 세계로 떠난다.

인생(2)

어릴 때는
걸음도 느리고
시간도
천천히 가고,

어른이 되니
움직이는 속도만큼
시간도
따라붙다가,

나이가 드니
걸음은 느려지고
시간은 홀로
뛰어간다.

인생(3)

내 인생 동안
말의 총량이
있을 수 있는데,

부정적이고
정죄하는 말로
채우지 않도록,

못다 한
사랑한다는 말,
보고 싶다는 말,

인정해 주고
칭찬하고
격려하는 말로

나의
남은 시간을
채우고 싶다.

인생(4)

나의 인생에
얼마나
시간이 남았는지
알지 못하지만

이제부터라도
나의 시간,
나의 마음,
나의 눈길을

가장
소중하고
가장 귀한 것에
두고 싶다.

이 세상 떠날 때
후회와
아쉬움으로
발걸음 무겁지 않게.

반복

우리가 어디에
시간을 들였든
그것은 복리로 증가하네.

좋은 습관도
나쁜 습관도
반복을 통해

그 영향력은
어마어마하게
커지네.

좋은 습관은
시간을
내 편으로

나쁜 습관은
시간을
적으로 만들고

시간은
성공과 실패 사이의
간격을 벌려 놓네.

기도하면

기도하면
볼 수 없었던 것을
보게 되고
멀리 보게 되고
깊이 보게 되네.

기도하면
하나님의 영광을
보게 되고
감당할 수 없는
은혜를 깨닫게 되네.

기도하면
들을 수 없었던
음성을 듣게 되고
영혼이 잠잠해지며
말씀을 신뢰하게 되네.

기도하면
내 마음을
내어 드리게 되고
하나님의 마음을
얻게 되네.

예수님의 방

예수님이
오셨을 때
사람들에게는
내어줄 방이 없었네.

최소한
짐승들은
그에게
내어줄 방이 있었는데.

오늘날
그리스도를 위해
많은 사람들이
교회를 세우지만

예수님이
홀연히
이 땅에
다시 오셨을 때

우리들에게는
예수님을 위한
거룩한 방이
예비되어 있는가?

아기 예수(마 2:1-12)

하늘도
온 우주도
담을 수 없는
창조주 하나님이

작고
약하고 어린
아기의 몸으로
오셨네.

별빛은
아기 예수를 누인
말구유에
임했고

동방으로부터
박사들이 와서
아기 예수께
경배와 예물을 드렸네.

우리의 목자,
우리의 구원자,
우리의 왕이
이 땅에 나셨네.

생명의 에너지

나의 관심
나의 사랑이
생명의 에너지 되어

사물을 끌어당기고
사람을
끌어당기네.

하나님이
말씀으로
세계를 창조하신 것처럼

나의 생각
나의 말이
우주를 움직이고

나의 세계를
창조하고
꿈을 이루네.

믿음의 생각과
믿음의 말이
실상이 되고

새로운 가능성
새로운 세계가
활짝 열리네.

부활의 능력 (벧전 3:20, 21)

노아의 날,
방주에서
물로 말미암아
구원을 얻은 자가
겨우 여덟 명이었으나

예수님의
부활하심으로
물은 이제
우리를 구원하는 표니
곧 물세례네.

모든 것은
예수님의 부활로
생명이 되고
구원이 되어
하나님을 향하네.

장자의 축복

야곱은
장자의 자격이
되지 않아

장자인
에서의 옷 안에
들어가

장자의 축복을
에서 대신
빼앗았으나

하나님의
장자이신
예수님은

친히 우리에게
예수님의 옷을
입혀 주심으로

우리로
장자의 축복을
받게 하셨네.

새해의 기도

올해도
작은 진보를 위한
작은 시도를
놓치지 않게 하시고

작은 습관을 위해
작은 변화를 시도하고
작은 행동으로
실천하게 하소서.

위대한 사랑으로
작은 격려, 작은 미소
작은 섬김을,
소홀히 하지 않게 하시고

작은 가능성에
용기를 내서
한 번 더
도전하게 하소서.

주님의 영광(고후 4:7)

주님의
영광은
십자가의 영광.

세상으로부터,
나 자신으로부터의
완전한 자유.

내가
작아질수록
주님은 커지고

내가
약해질수록
주님은 강해지고

내가
깨어질수록
주님의 영광 나타나네.

주님의
영광은
십자가의 영광.

내가
십자가에
못 박힐 때

주님의 영광
나의 삶에
나타나네.

기도

주님 앞에
나의 영혼을
쏟아 붓네.

나의 그리움
나의 외로움
나의 고독까지

주님의 story에
나도 참여하여
History를 써 가네.

지극히 큰
story에서
사소한 story까지

주님은
친히 그의 story를
써 가시네.

어제도
오늘도
내일도

History는
세대를 이어
계속되네.

생수 같은 성령(겔 47:1)

생수 되신
성령님은
진리와 길이 되신
예수님을 따라 흐르네.

나를 낮추고
내 속의 예수님을
삶의 중심에
모셔 드릴 때

말씀의 생수
보혈의 생수
성령의 생수가
나를 정결케 하고

나의 삶은
기쁨으로
생명으로
성령으로 충만해지네.

하나님의 뜻(요 7:17)

하나님께서는
하나님의 뜻을
우리에게
보여 주시네.

때로는
현재의 상식과
우리의 양심을 통해
하나님의 뜻을 알게 하시고

때로는 나의 삶 속에
역사하신 하나님을
돌아보게 하심으로
알게 하시네.

하나님의 뜻은
하나님의 뜻을
행하고자
찾는 자들,

하나님의 뜻에
순종하고자
결단하는 자들에게
보여 주시네.

사랑은(4)

사랑은
나와 너의 관계에서
시작하는 것이
아니라,

너를 향한
나의 사랑은
하나님과의 관계에서
시작되네.

관계 지향점이
우리가 될 때
우리의 사랑은
욕구와 상처에 찌들게 되고

관계 지향점이
하나님이 될 때
서로의 눈을 통해
무한한 사랑을 보게 되네.

말씀 묵상

주님이
내 안에 오심으로
말씀이
내 속에 거하시고

그 말씀을
사랑하고 묵상할수록
나의 삶은
주님을 경험하네.

이 얼마나
거룩한 즐거움인가?
얼마나 놀라운 신비이며,
형용할 수 없는 기쁨인가?

주님을 알아갈수록,
고요함 속으로,
말로 표현할 수 없는
행복 속으로,

하늘의 비밀 속으로,
사랑의 근원으로,
친밀함과 깊음으로
나는 초대되네.

기쁨

기쁨은
새로움과
맞물려 있네.

우리는
하나님과의
친밀한 교제를 통해

반복적인
일과 일상이
새로울 수 있고

평범한
매일이
역동적일 수 있고

똑같은 환경과
사람도
다르게 보이네.

우리가
하나님의 사랑과
함께 있으면

그 사랑이
우리 안에서
기쁨이 되네.

그발 강가(겔 1:1)

사로 잡혀 간
그발 강가,
하늘이 열리며
하나님이
스스로를 보이셨네.

수동태가 된
우리에게
하나님이 친히
말씀으로,
권능으로 임하시니

하나님께 사로잡힐 때
하나님의 말씀과
하나님의 능력이
능동적으로
우리를 이끄시네.

하나님의 사랑

하나님의 사랑이
얼마나 깊은지
바닥을 뒹구는
인생의 패배자도
사랑하시고

하나님의 사랑이
얼마나 높은지
더러운 죄인을
씻기시고
하늘에 앉히시네.

하나님의 사랑이
얼마나 넓은지
이 세상 누구도
그 사랑에서
제외될 수 없고

하나님의 사랑이
얼마나 긴지
이 땅에 나기 전부터
떠난 후에도
영원히 지속되네.

길 (요 14:6)

땅이
혼미했을
그때에

예수님은
하늘을 세우시고
땅의 길을 내셨으며

세상이
죄악으로
혼돈스러운 그때에

예수님은
친히 세상에서
길을 걸으셨고

제자들이
따라 걸어갈
길을 보여 주셨네.

영원한
생명으로 가는
유일한 길이 되신 예수님.

땅에 길이 없었던
그 시작부터
유일한 길이었고

지금도
모든 사람이 걸어가야 할
유일한 길이시네.

예수님의 길을 따라
사명의 길을
가는 사람은

예수님처럼
유일하고 영원한
길을 가는 것이네.

케냐 선고

세상에서
풍요롭고
넓고
밝은 곳을 떠나

세상의 그늘진 곳,
배고프고
굶주린 이에게
오게 된 것은

나 스스로의
선택이 아니라
부르심이고
순종이었네.

선교

돈으로 하는
선교는
탐욕과
권력을 낳고

결국
다툼과
불신과
분열을 가져 오나,

하나님의
사랑으로
사람을
키우는 선교는

사람을 남기고
하나님의 비전과
하나님의 사명과
사랑을 전수하네.

하나님의 약속

하나님의
약속을 붙들 때

믿음이
요동치 않고

믿음이
꿈이 되어

약속의 성취를
보게 되네.

일을
행하시고

친히
이루시는 분,

그 하나님을
보게 되고

그의 말씀을
보게 되네.

사명(1)

건강하게
사는 것이
삶의 추구라면
살다 갔다는 것 외에
무슨 의미가 있을까?

비록
완전한 건강이
없었어도,
편안하고 넉넉하게
살지 못했어도

자신에게
주어진 사명을 위해
최선을 다하는
하루하루를 살았다면
가장 값진 삶이 아닐까?

사명(2)(창 12:1, 2)

선택하시고
약속하신 주님.
부름에
응답한다는 것은
미지로의
엄청난 모험이네.

주님을 사랑하기에
순종하기로 했고
안식처를 떠나고
가진 것을 비우고
사명을
가슴에 담았네.

사명과 함께 담겨진
주님의 성품
주님의 사랑
주님의 축복이
내가 나누어 줄
사명이네.

삶(4)

과거와
미래에
연결되어 있는
깊은 시간 안에서

우리의 삶은
우리로 하여금
필요한 고통을
준비케 하고

자신의
실패와 상실에
절망하지 않도록
지켜 주며

그 모든 것을
통과하여
앞으로
나아가는 길을
제공하네.

그리하여
우리보다
먼저 걸었고
또한 나중 걸어갈

인류의
거대한 대장정에
우리의 삶을
합류시키네.

아프리카 꽃

어딘가
아프리카 땅에서
보이지 않는 꽃처럼
웃고 있는
나 한 사람으로 하여

아프리카는
하늘의 영광을 보며
눈부신 꽃들로
활짝 피어나기를
나는 기도한다.

순례자(마 5:6-10)

의는 곧
예수님이시니

의를
갈망하는 자는

진정한 만족으로
배부르고

이 땅에서도
천국을 바라보네.

예수님의 사랑에
사로잡힘으로

예수님과 말씀을
신뢰함으로

우리는
세상 욕심을 내려놓고

천국을 향해
가볍게 걸어가네.

과거, 현재, 미래

과거의
아픔과 슬픔,
기쁨과 즐거움,
그 모든 것이
성숙으로 해석되어
아름다움으로
피어오르고

현재의
그리움과 사랑,
기다림은
미래를
설레임으로,
빛나는 기쁨으로
벅차게 하네.

삶(5)

삶은
여정이고
항해이며

추구이고
순례이며
개인의 오딧세이네.

우리는
운명의 변화와
긴 방랑 속에

마침내
돌아갈
집을 향하네.

우리가
삶의 여정에 대해
인식하고

시간의 흐름에
경청하며
더 깊어질 수 있다면,

짧은 순간의
성공을 위해
영원한 미래를 팔지 않고

매 순간은
영원한
행복이 될 수 있네.

삶(6)

삶은
보이는 것,
들리는 것보다

보이지 않고
들리지 않는 것에
갈망을 느낄 때,

볼 수 없는
신비로운 것을
보게 되고

들을 수 없는
친밀한 음성을
듣게 됨으로

세상의
모든 것이
경이롭고

세상의
모든 아름다움을
느낄 수 있네.

소명(빌 2:6-8)

성공과 명예에
집착하는
상향성의 길,
세상의 길에서

예수님은
우리를
하향성의 길로
부르시네.

예수님이 이 땅으로
내려오시고
십자가의 길을
가셨던 것처럼,

예수님을
따르는 자들에게
낮은 곳으로,
섬김의 자리로 부르시네.

민들레 사랑

ⓒ 오영례, 2025

초판 1쇄 발행 2025년 1월 20일

지은이   오영례
펴낸이   이기봉
편집   좋은땅 편집팀
펴낸곳   도서출판 좋은땅
주소   서울특별시 마포구 양화로12길 26 지월드빌딩 (서교동 395-7)
전화   02)374-8616~7
팩스   02)374-8614
이메일   gworldbook@naver.com
홈페이지   www.g-world.co.kr

ISBN   979-11-388-3809-2 (03810)